U1017960

文学少女

怀抱花月的水妖

目录

文学少女

怀抱花月的水妖

精装珍藏版

〔日〕野村美月 著 〔日〕竹冈美穗 绘
哈娜 译

人民文学出版社
PEOPLE'S LITERATURE PUBLISHING HOUSE

著作权合同登记号：图字 01-2020-1638

"文学少女"と月花を孕く水妖
©Mizuki Nomura 2007
First published in Japan in 2007 by KADOKAWA CORPORATION, Tokyo.
Simplified Chinese translation rights arranged with KADOKAWA CORPORATION , Tokyo.
Through Tuttle-Mori Agency,Inc.,Tokyo and Bardon Chinese Media Agency,Inc.

图书在版编目（CIP）数据

怀抱花月的水妖 / (日) 野村美月著 ; (日) 竹冈美穗绘 ; 哈娜译 . -- 北京 : 人民文学出版社 , 2020
（文学少女 : 精装珍藏版）
ISBN 978-7-02-016257-4

Ⅰ . ①怀… Ⅱ . ①野… ②竹… ③哈… Ⅲ . ①中篇小说－日本－现代 Ⅳ . ① I313.45

中国版本图书馆 CIP 数据核字 (2020) 第 071458 号

责任编辑 陈 旻
特约策划 李 殷
装帧设计 汪佳诗

出版发行 人民文学出版社
社 址 北京市朝内大街166号
邮政编码 100705
网 址 http://www.rw-cn.com

印 制 上海利丰雅高印刷有限公司
经 销 全国新华书店等

字 数 110千字
开 本 787毫米×1092毫米 1/32
印 张 7.375
版 次 2011年2月北京第1版
印 次 2020年1月第1次印刷

书 号 978-7-02-016257-4
定 价 59.00元

分离之时，她只留给我几近心碎的痛楚、些许怨怼以及温柔。

她是基于何种想法选了那条路，我一点都不了解。只是哭到声音嘶哑的她大概也无法回答，自己为何非得做出这种痛苦的抉择吧？

真的有必要这么做吗？难道没有更好的路可以选吗？那样一来，我们不是可以避免这种哀痛，活在幸福的梦中吗？

——但是，那水妖为什么要用温柔的手把我们摇醒？

她藏了秘密。

她的内心怀抱着花与月。

长久以来，我一直不知道这些事。

序章

麻贵　萤之夜·公主的话

我看见了震怒的神。

让祖父如此焦躁的理由，我并不清楚。

姬仓光国是掌握了所有资讯的人，又能随心所欲动用权势发布命令，应该是至高无上的支配者才对。

至少对我来说，祖父是个不容违逆的神。就算他已经年过七十五，身体和精神都仍不见衰败，他就像数百年前已掌控世界至今，未来也会永远活下去似的，拥有强烈的存在感。

如此强悍的祖父，此时面孔却因屈辱而丑陋地扭曲，仅有的一只眼睛充血发红，愤怒到肩膀颤抖。

月夜里，在池畔喂食鲤鱼的祖父动作显得很粗暴，就像是在泄愤。每次他丢下饵食，映照着月光的水面都会激起水波，祖父引以为自豪的鲤鱼似乎也感受到饲主的不悦，摆着红色的鳍急速逃窜。

我躲在松树后面，屏息听着他干裂的嘴唇发出恼怒的呻吟。

“混账白雪……约定……还没结束吗？”

白雪？

约定？

我依旧不明所以，心中却像那片阴暗的水面开始掀起波纹。

祖父继续沉默地丢下鱼饵，我紧张到皮肤隐隐刺痛，尽可能压低脚步声离开。

那是在我快满十八岁的夏天里发生的事。

几天以后，我满十八岁了，我家的庭院在当晚举办祖父喜爱的盛大派对。

在这灯火璀璨的广阔庭园里，几乎所有宾客都是比我年长的社会人士。很明显，他们并不是来庆祝我的生日，而是为了奉承祖父而来。看着第一次见面的人很形式化地说着“生日快乐”，我还得保持笑容应答，真是令人心情郁闷。因为对方只要向一个小丫头说句客套话就算尽了义务，我却要在派对结束之前不停地赔着笑脸反复道谢。

而且，这么多人聚在一起的话，就算是不想听见的对话也会听到。

譬如说，我母亲抛夫弃子回到英国老家的事。

还有“让那种女人的孩子坐上姬仓家当家宝座真的好吗”？

或是“还真亏那么执着血统的姬仓光国会答应独生子跟个外国籍又出身于平凡家庭的女人结婚”“说不定对方是个想要骗姬仓家财产的坏女人，故意以怀孕来逼婚”“虽然她是主动离家出走的，不过好像还拿了不少赡养费呢”。

我不禁感慨，真亏他们都这么多年了还在说一样的话题。

但是，即使我这样想也不能出面反驳，只能假装什么都没听见。身为名门千金大小姐，无论碰到任何事态都不能受到打击，或是有所动摇，还是得露出高贵华美的笑容。这就是祖父和周遭人们对我——对姬仓麻贵的期望。

所以我非得穿着光鲜亮丽的丝质洋装，展现出比在场所有人都美丽迷人的微笑才行。

“麻贵小姐目前在高中里的管弦乐社担任指挥吧？”

“是的，这是祖父的期望，因为姬仓家成员担任管弦乐社指挥已经是惯例了。”

我嘴上说着不至于失礼的回答，同时心中感到无比厌烦。

现在一手拿着香槟杯，站在我面前露出优雅笑容的是某集团的社长公子。

他现在是大学三年级，比我大了三岁，拥有比姬仓家还久远的贵族血统，是个品种优良的少爷——也就是祖父为我选定的未来丈夫。

我对恋爱没有什么憧憬，也没有喜欢的男性，反正结婚只不过是男女之间的契约，只要愿意接受我方条件，不管对象是谁都无所谓。不过，像樱井流人那种爱拈花惹草的浪荡子则在讨论范围之外。

可是，想到祖父是为了血统低劣的孙女才选了个家族血统无可挑剔的名门子弟，我的内心不免感到焦躁煎熬。

我体内的母亲血统真的令他如此不悦吗？

姬仓的血统非得保持纯净高贵不可吗？

祖父似乎毫不在意我的焦虑，只顾着接受宾客的问候。

他就像在夸示着自己是目前立于姬仓家顶点的人，始终坐在椅上睥睨会场，不管谁来跟他打招呼他都不起身。

他年轻时因火灾而受损的左眼戴着单边眼镜，镜片发出无机质的光辉，但是裸露的右眼却是目光如炬，更显威严，刻画着皱纹的脸庞也透露出强烈的意志和精力。

在穿着传统服饰的祖父身边侍奉的女性是祖父的秘书，听说她年龄大概三十多岁，但是外表看起来更年轻。有传闻说她是祖父的情妇，实际情况则无从得知。她那头乌黑的短发，极富知性的自然妆容，还有毫无赘饰的长裤套装，都符合祖父的喜好。祖父轻视浓妆艳抹、打扮得花枝招展的女性，认为那样很低俗，我想他轻视的根本就是女性。

“我没兴趣跟穿裙子的人谈事情。”

他是个会堂而皇之出此言论的老古董，所以在祖父身边做事的女性都自然而然地不穿裙子，也都蓄着短发。因为穿着花哨的衣服，把头发染成浅色，都会惹祖父不高兴。

我却一直让头发留长。

我的头发遗传自爱尔兰混血儿的母亲，有着波浪般的卷曲，颜色是浅而透明的棕色，在阳光底下还会显出金色光泽。

祖父一见到我的头发，就会不高兴地皱眉。

——不像日本人。真没气质。去染黑吧。

我只当祖父是随口说说，对这些抱怨向来充耳不闻，有时还会故意在他面前摇曳这头长发，因为这是我仅能做到的微弱反抗。

此时，有个略显富态的中年男性搓着双手走向祖父。

其他宾客开始发出不善的窃窃私语。

“喔，是草壁家的当家啊。”

草壁是姬仓家的旁支，直到现任当家的两代之前都还很有权势。当时祖父还很年轻，听说草壁家的当家还担任过督导祖父的职责。然而到了孙子这辈却没落至此，如今还得靠我祖父的援助才能勉强保住家业。

草壁被说是祖父养的狗。

就跟我的父亲一样。

到国外工作的父亲虽然一度违逆祖父，跟母亲结了婚，但在母亲不堪祖父欺压而逃离姬仓家之后，他就彻底丧失了对祖父的反抗心。或许是因为他对人生已经绝望，拒绝靠自己的意志思考，才会变成一个对祖父言听计从的人偶，借此保持精神上的稳定吧。父亲的脸上不会出现强烈的感情，感觉毫无精力，就像一具行尸走肉的躯体。

我是不是总有一天也会像父亲或草壁那样，被祖父拔掉獠牙呢？

我会连焦虑感都丧失，成为祖父的傀儡，背负着枷锁活下去吗？

光是想象那种情况，我的背脊就像被泼了一盆冷水而打颤，连脑袋也开始发热颤抖。

别开玩笑了，我才不要跟父亲一样。

我绝不要像他那样放弃一切，绝不要连心灵都被操纵。那样已经不叫活着，还不如死了比较痛快。

身为姬仓一族，身为祖父的孙女，都让我感到炽烈如火般的愤怒和恶心。这把火炬熏烧着我的喉咙，令我更加焦躁。

身为姬仓家族一员，是我无法逃避的事实。

从祖父的和服衣襟可以窥见一块青紫色的胎记，而我的后颈也有胎记。

被视为龙之末裔的鳞状胎记，残酷地证明我和祖父之间拥有联系。

就像用烧铁烙出来似的，那块胎记散发着灼热。

我的面孔因为拼命压抑的尖叫和涌上咽喉的痛楚而僵硬。为什么我连这种时候都非笑不可？

沉溺于说长道短的人们，还有在我面前悠闲畅谈、不谙世事的豪门少爷都肮脏至极，真希望这些人全部立刻消失。干脆来场淹没世界的大洪水，把一切都毁灭掉吧！这么一来，我就能够由衷地大笑了。

声势猛烈的黑暗水流即将溢出我心房时，庭园里的灯光顿时切换。

人们停止闲谈，四周传来感叹。

“呀……是萤火虫。”

漆黑的浪潮从我心中迅速退去。

微光在阴暗的庭园里流转。

小巧可爱的光辉仿佛从草地涌出，轻飘飘地腾空浮起。

在松树和枫树的树梢、在小桥横越的水池、在洁白的桌巾、在宾客的发上肩上，都有楚楚动人的小光点在翩翩飞舞。

这不是真正的萤火虫，只是用类似萤火虫的光芒所做的表演。

但是，晶莹纯净的光粒让整个会场转变为清丽脱俗的梦幻空间，让人心荡神驰，就像身处真正的萤光之中。

被这美景吸引而呆立的我，不由得想起上个月刚过世的那位少女。

——雨宫萤。

那位拥有暴风雨般的爱情，还在最后一刻展现闪电般耀眼光芒，面带微笑死去的少女。

到她过世为止的这段期间，我一直看着她的故事。她拥有在我身上找不到的激烈情感，让我感到一种莫名的憧憬。虽然我对那无可救赎的结局感到愕然，但这个贯彻自己爱情的女孩让我不由得感叹又羡慕。

我一直汲汲追求着“不可束缚的灵魂”。

而那位温柔内向的少女，真的让我见识到了。

就算萤看似被命运作弄、被爱恨情仇捆绑纠缠，但她的心到最后都是自由的。她抛开了一切束缚和禁忌，以自己的意志选择所爱的男人，还在他的怀中阖眼永眠。

每次想到萤的事，我都觉得对她来说不会再有别种幸福了。

如果能够问她“真的不后悔吗”，我想她一定会露出浅笑而点头。

萤深爱着一个男人到自我毁灭的程度，自由地活着，自由地死去。

如果拿我跟她相比……

一度消退的焦躁再度熏烧我的胸口。

虽然我在祖父担任理事长的学校里被称为“公主”，拥有各种特权，但我根本一点都不自由。

我能够行使的是祖父的力量，并非我自己的力量。就算想画图，也无法加入美术社，为了获得校内的画室，我还得答应进入管弦乐社担任指挥。

就算被压抑得几乎喘不过气，我还是无法违逆祖父。我一直怀着几乎撞破胸口的愤怒和绝望，看着父亲因反抗祖父而得到的下场。

那么，我今后还是得遵从祖父的意思，继续当“姬仓”吗？

我会永远无法像萤那样爱着某人，只能跟祖父选的男人结婚，背着妻子这个枷锁，一辈子以“姬仓”的身份活下去吗？

等到祖父过世，或许我就能得到自由了。但是，我要等到何时？十年？二十年？对现在的我来说，那就像永远抵达不了的遥远未来，那个怪物说不定还能再活上一百年呢。

在此期间，我都得当祖父的傀儡而活吗？

我才不要！

尖叫好像就要冲破喉咙而出。

在夏夜黑幕之中飘摇的虚假萤光悄悄潜入我的心中，撞击着紧闭的门扉，似乎就要将其推开。

一脸悠哉的名门少爷对我提出邀约，说他下周要去法国尼斯的别墅，希望我能一起去。他那缺乏抑扬顿挫的优雅语调，让我嫌恶得直起鸡皮疙瘩。

我借口说看见一个务必问候的宾客，逃难似的离开了。

接着，我快步走向人烟稀少的场所。

人造的萤，在我的脸颊和肩膀映出淡淡光芒。

我胸中翻腾的波浪依然没有平息，头痛得像挨了一拳，后颈上的胎记也隐隐发热作痛。

真正的萤，已经去了我伸手难及的远处。我再也见不到那内向温柔的微笑，也无法再守护她那汹涌激烈的恋情。

我只能独自待在这里。

死缠着萤的樱井流人是不是也像我一样，尝尽了令人痛心疾首的失落感和焦躁感呢？

被萤刺伤的流人住进跟姬仓关系密切的医院里接受治疗时，还露出疯狗般的暴躁模样，吼叫着“我非得守护萤不可，我已经答应萤了，快让我离开这里！”

不对，那个脚踏三四条船的轻浮男人，此刻一定是涎着脸搭讪其他女孩吧？因为他跟我不一样，他是非常自由的。

心脏像是被猛然捏住，让我觉得好痛苦。

我不想跟祖父选的男人结婚。

我也不要去尼斯。我现在就想得到自由，一秒也不想多等了。

但是，我又做得了什么？如果我不是姬仓光国的孙女，而只是姬仓麻贵的话……

我如同受到冲击，停下了脚步。

池中浮着月影，昏暗的水面映出我僵硬如鬼魅的脸孔。

祖父曾在这里愤怒地抛下鱼饵……

鲜红的鱼鳍在水底摆动，我出神地盯着鱼。

“麻贵小姐。”

不知我已经在此站了多久？有个理性而柔和的声音唤着我的名字。

回头一看，后面站了一位身穿别致西装的高挺男性。那是祖父的部下高见泽，他以前担任祖父的秘书，不过现在是在学园工作，还兼任我的督导者。

“怎么了，不舒服吗？”

“没有，只是想要独处一下。”

“派对的主角不在场，会让客人无法尽情欢乐的。”

“我立刻就回去。”

我故作镇静地回答，一边还在脑中思考。

高见泽担任督导我的职位并不是很久，但我已经知道他性格稳重，态度也冷静，是个优秀的人才。

这么杰出的他，为何会被撤下祖父秘书之职，转而去经营学园呢？就算说是要督导姬仓家的继承人，我也还是个高中生，而且祖父之后的继承人应该是父亲吧？

要轮到我做姬仓家当家还是很久以后的事，如果祖父或父亲又生了孩子，而且还是男孩的话——祖父就不提了，但父亲还很年轻，可能性颇高——到时，应该会让那孩子来继承当家的位置。

我的立场是这么不明确，高见泽待在我身边就跟千金小姐的保姆没啥两样，他自己对这件事又有什么感觉？

就算外表看来温和，内心也不一定是那样。既然如此……

跟祖父一样的胎记又开始发烫了。

若想成为打败西班牙无敌舰队的伊丽莎白女王，身边也要有沃辛汉、塞西尔、德雷克[①]等人物才行。

我压下心中的迷惘和胆怯，对高见泽露出勇敢的笑容。

“我有话要跟你说。”

---

① 弗朗西斯·沃辛汉（Francis Walsingham），建立全欧洲广大情报网的特务首领。威廉·塞西尔（William Cecil），协助伊丽莎白女王处理政务的秘书。弗朗西斯·德雷克（Francis Drake），航海家，击败无敌舰队的海军中将。

第一章

劫持者是坏人

“我就成了故事的一部分。”①

有个男人曾在水边的茅庐里向朋友这样说。

我对于成为故事角色的麻烦事态一向是敬谢不敏，如果怎样都避免不了，至少希望能在只有平淡日常生活的和平故事里当个配角。

我高中二年级的暑假，本来应该要这么安稳祥和地度过。

但是八月过了一半之后，我为什么会在黄昏时分一脸困惑地站在这条杂草丛生的山路上呢？

“从这里开始车子没办法进去，所以请你自己走吧。”

“那个……”

“这里只有一条路，应该不会迷路的。”

“高见泽先生，我想我还是回家好了……”

---

① 这句话出自泉镜花的小说《夜叉池》。

我好想回去。

话说回来，为何非得开车几小时把我从东京带到北陆的深山里啊？

高见泽先生坐在礼车的驾驶座上，温和地打断我的话。

“到达之后，请说你是从东京来的，而且要报上姓名和学校。”

“为什么要提学校？”

“只是助兴罢了，到时候还请你照着这句话跟对方说……”

高见泽先生接下来说的话更令我感到莫名其妙。

“记得住吗？这是很重要的事，所以请你务必说得一字不漏。”

“助兴是指什么啊？而且我为什么要……”

“非常抱歉，我现在非回去不可，所以要先告辞了。这里一入夜就会变得很暗，可能会有危险，所以请你动作快一点。”

高见泽先生稳重地微笑，然后就离开了。

我一手拎着装有换洗衣物的旅行袋，茫然地目送礼车渐行渐远。

就算想回家也不知道路。除了我现在所在的小径，放眼望去全是杂草树木，完全看不见火车站或巴士站牌。天色很快就变暗了，四周风景渐渐染上黄昏的色彩。或许是因为在山中，空气也有点冷。

我无可奈何，只好在没有铺设道路的泥土小径上开始往前走。

“我一定要好好抱怨一番。”

我发热的身体开始流汗。

好不容易才到达的地方，是一栋仿佛爱伦坡小说里出现过的厄舍古屋①般摇摇欲坠的老旧洋房。

---

① 出自《厄舍古屋的倒塌》(The Fall of the House of Usher)。

时间恰巧是傍晚的逢魔时[1]，大到出奇的夕阳透出暗红光辉，往那栋诡谲建筑物的方向下沉。

这里跟爱伦坡小说不同的是周围没有山崖或沼泽，却围绕着似有亡魂聚集的漆黑树林，山壁上还爬着藤蔓，雕花的门扉已经旧得发黑。

小说主角看见厄舍古屋时感到的强烈忧愁和灵魂的沉郁感也在我心中油然而生，我站在紧闭的铁门前，从镂空的门中眺望庭院。

结果，我看到一位小女孩在石造祠庙前合手跪拜。

大概是小学五六年级吧？

她的头上绑了两束马尾，衣服外面套着白色围裙，头戴女仆的白色饰带，难道是在这间屋子里工作的人？这样的小孩子？都什么时代了啊？

古老的洋房，加上石造祠庙，还有像是从大正时代的咖啡厅跳出来似的女仆打扮、闭眼专注膜拜的女孩。出现在黄昏薄暮之中的异样光景，让我兴起了有如身在梦中的奇特感触。

这时，一团黑色的物体朝着我破风而来。

像是由黑暗堆砌而成的漆黑狼犬从门缝里伸出鼻子，凶狠地对我狂吠。

女孩也抬起头来看我，她的眼睛睁得浑圆。

我想起高见泽先生说过的话，急忙对她打招呼。

“不好意思，我是从东京来的井上心叶，是圣条学园的二年级学生。听说这里有我要找的东西，我想打听一下，请问主人在家吗？”

---

① 天色幽暗的黄昏时刻，又称“大祸时”，据说是容易发生灾难的时刻。

“!”

少女的脸上浮现惊恐之色，看得我也吓了一跳。

她用简直像是看见妖怪的眼神看着我，仿佛随时会吐出尖叫的嘴唇也轻轻地颤抖。

下一瞬间她转身背对我，像只脱兔开始奔跑，转眼之间就消失在建筑物之中。

“啊！你等一下！”

我抓住栅门，前倾身体。

结果狼犬又长嚎猛吠，几乎咬到我的脚，我连忙往后退开。

真糟糕，该怎么办啊？我好像被当作可疑人物了。可是我明明照着高见泽先生的交代打招呼了啊？

狼犬龇牙咧嘴地对我狂吠，为什么我会遇上这种事啊？

正当我一筹莫展的时候，洋房大门猛然开启，穿着飘逸白色洋装的远子学姐从里面冲了出来。

在柔和夕阳映照中，她眼睛发亮地冲来，总是绑成辫子的头发已经解开，绑上白色的蕾丝缎带，卷曲如细小波浪的黑发在她纤细的肩上摇曳。

“你终于来了——心叶！我等你好久了！”

远子学姐放声大喊，双手抓上门把。

“喀啦”一声，铁门打开了，狼犬像发疯似的一跃而出。

“哇！”

“不可以，男爵！心叶是客人喔。”

所幸远子学姐把狼犬制住了。狼犬仿佛很不满地从喉咙发出呜咽，还一直盯着我。

“太好了！我一直相信心叶一定会来找我的。”

她开心地拉着我的手，带我走向玄关。那抬头仰望的笑容真是清纯可人，或许也是因为发型和服装之故，她看来就像是哪个大户人家的千金小姐。

我只是冷冷地对兴高采烈的“文学少女”说：“因为有人来到我家，硬是把我给载来了。”

“咦？咦？你不是因为看到我的电报才冲来的吗？而且这是相隔甚久的重逢，你怎么这么冷淡啊？见到尊敬的学姐，难道一点都不开心吗？不应该是这样吧？你现在一定感动到想要对着夕阳大吼吧？”

她确认似的拉拉我的手臂，我露出一张苦瓜脸。

“是啊，我是收到电报了。”

而且还是祝贺用的压花彩饰电报。

过完盂兰盆节，进入暑假后半的某个和平上午。我在开着冷气的家中客厅，陪着小学的妹妹悠闲地度过。

啊啊，少了那个胆大妄为的学姐还真和平啊……

正当我这么想的时候，玄关传来了呼喊：“井上先生，有您的电报！”

因为妈妈忙着做家事，我去帮忙收件，然后就看到附加压花的漂亮封面上收件人写的是我。

是生日祝贺吗？可是我的生日又还没到。

疑惑地打开来看之后，我顿时大感头痛。

我被坏人抓走了。

请立刻带着一周的换洗衣服和作业来救我！

远子

我当下就跳起来大叫。

远子学姐……对考生来说暑假可是最关键的时期,她又在搞什么啊!

再说她也没写地址,叫我要去哪儿救人啊?

远子学姐听到我的指责,就愕然地回答:“奇怪?是这样吗?可是我们之间有着文艺社的羁绊,这点小事应该可以心灵相通吧。”

“怎么可能嘛,文艺社又不是超能力同好会!而且就算你真的写了地址,我也打算当作没看到。”

“好过分!”

远子学姐用批判的眼神盯着我,就像在说我是个知恩不报的冷血家伙。

不用说,我当然一点都没有被责难的感觉。用压花电报叫人去救命,真的会去的人才奇怪吧。更何况,考虑到我至今因远子学姐而被卷入的各种混乱,当然还是留在家里教妹妹写作业才是正确的选择。

既然如此,我又怎会提着旅行袋,跑来这栋深山中的怪房子呢?这都是因为收到电报的二十分钟之后,就有车子前来接我的缘故。

在空气热得扭曲的暑气之中,身穿精致西装却不流一滴汗的高见泽先生拿出亲切的笑容,对我妈妈客套了一番。

“我会好好照顾府上的公子。”

我妈妈也被这怀柔攻势彻底打动了。

“心叶已经交到能一起出游住宿的好朋友啦!”

然后就高高兴兴地帮我打包行李,送我出门。

我毫无抵抗的余地，就这么坐上闪亮亮的礼车。

“为什么老是要把我卷进来啊？至少让我安静地过完暑假吧。”

听我说得如此愤慨，远子学姐泪眼婆娑地看着我。

“好过分，真是过分。文艺社就只有心叶这个学弟，我也没办法啊。”

是的，圣条学园的文艺社就只有我和远子学姐这两名社员，这个社团还撑得下去也是怪事一件。不，应该说我一开始让远子学姐硬拉进社团，直到今天都还没退社，根本就是大错特错。

这时，麻贵学姐出现了。

她一头华丽的棕色长发随意扎起，身穿光泽闪亮的衬衫和长裤，外面还搭着工作用的朴素围裙，脸上笑嘻嘻的。

“欢迎光临，心叶。”

“受到你的欢迎我才觉得头痛呢。”

身为学园理事长孙女，也被其他学生称为“公主”的姬仓麻贵学姐完全不把我的怨言当作一回事，轻轻耸着肩膀。

“哎呀，因为远子一直吵着说‘不把心叶找来我就要回去了’！打从心底爱着远子的我，怎能不满足她的要求呢？”

远子学姐面红耳赤地反驳：“爱我的话会把我抓来关在这里吗？而且你还每天让我穿上丢脸的打扮，猥亵地上下打量。”

“这是过去数次提供情报的报酬啊。因为你说宁死也不当裸体模特儿，所以我才答应让你分期付款耶。还是说，你现在就想一次付清？只要把衣服全脱光，让我仔仔细细、从头到脚看一遍的话，一下子就能把负债还清啰。”

“呜……”

远子学姐吓得说不出话，麻贵学姐还坏心眼地搂住她的肩膀。

“来吧，今天的款项还没付清呢。我都帮你把心叶找来了，所以你就好好地工作吧。”

“呀，放开我啦，麻贵！心叶快救我！”

“好了啦，你就认命吧。啊，纱代，带心叶去房间吧。这是重要的客人，千万别怠慢了人家。”

麻贵学姐拖着依然在做无谓抵抗的远子学姐，消失在走廊的尽头。

“……请把行李交给我，现在就带您去客房。”

女孩从旁边伸手过来，提起我的行李袋。

“你就是刚才那位……”

是我在庭院里看见的年幼女仆。她带着漠然的表情，提着我的行李向前走。

“呃，鞋子呢？”

“不用脱鞋子。”

“行李我自己拿就好。”

“这是我的工作。”

那强硬的口气跟她稚嫩的外表很不相符。看来我好像被她讨厌了……

我缩着身体跟在她后面。

屋子的内部跟外观一样，也是又旧又暗。天花板很高，正中有一座铺了红地毯的楼梯。我在爬楼梯时感觉到一阵视线，一回头就发现有好几个人正在看我。

他们应该是在屋内工作的人吧，有像管家一样穿着黑衣的中年男性、像帮佣般穿着和服围裙的中年女性、身着工作服看似园丁的老人、穿着厨师服装的青年，共有四个人各自在门后或走廊一角，警戒似的仰望着我。

我乍然停下脚步，他们纷纷慌张地低头行礼说“欢迎您的到来”、“欢迎光临”，每个人的脸色都很难看，显然十分紧张。

其中有什么理由吗？

我怀着骚动不安的心情，跟着女仆走到二楼客房。

“请您住在这个房间。”

她依然脸色不善，脸部表情很僵硬，也没有笑容。

“那个……你的名字是？”

“我姓鱼谷。”

“刚才麻贵学姐好像叫你纱代？”

“纱代是我的名字。那又怎样？”

她露出一副“我叫什么名字关你啥事”的冷漠眼神看着我。

“不，没什么。鱼谷小姐一直在这间屋子里工作啊？”

“只有暑假在这里打工。”

“是吗？你年纪还这么小，真了不起呢。”

“我已经是初中生，不算小了。”

“咦？初中生！几年级啊？”

“初一。”

我还以为她是小学生呢！

不，再怎么说初一就来当女仆也很怪吧？这又不是大正时代。难道这里人手这么不足吗？可是我在走廊上看到的人已经很多了啊……还是说，像姬仓家这种富豪的别墅，一定要有这么多佣人才行？

“鱼谷小姐，刚才你在祠庙前祷告对吧？”

"……那又怎样?"

她的语气里带着刺。

"你当时看见我好像吓了一跳,那是为什么?其他人看我的时候也是。"

"……只是觉得从东京来的学生很少见,因为这里是乡下。大家一定都是这样想的。"

真的只是因为这样吗?我总觉得无法接受。但是,鱼谷小姐别过脸去,不高兴地说了一句"晚餐时间之前请自便",就离开房间了。

……这位鱼谷小姐让我想起班上的琴吹同学,那种厌烦的口气还挺像的。这样看来,我可能真的被鱼谷小姐讨厌了吧……

我一边思考一边整理行李时,远子学姐拖着脚步走进我房里。

"心叶——我好饿喔——"

她一头栽进床铺,以倒在沙漠的骆驼般的模样对我诉苦。

"写些什么嘛!现在立刻写啦!我本来在我家房间里,正要开始吃阿比·普雷沃的《曼侬·莱斯科》,结果麻贵突然跑来,把我拖出去。

"书掉在地上了,所以没有带过来。啊啊啊啊,像妖精一样善变的可爱曼侬和纯情骑士德格莱的爱情故事啊!曼侬三心二意又天真的小恶魔性格虽然让人不知道拿她怎么办才好,但是也很可爱,被曼侬玩弄于股掌之中的德格莱虽然是个随便犯下罪恶的蠢小子,但又单纯得让人无法放着不管。原本应该是个失败情侣的故事,吃起来却像熟透的甜美无花果洒上会烧痛舌头的浓烈洋酒去煮,再加上苦巧克力冰淇淋般的滋味。无花果绵密的果肉缠绕舌尖,真是让人头晕目眩的美味啊!

"可是、可是,为什么我那时要放手呢?我好不甘心,就连睡觉的时候都会梦到我正要把书页撕下来放进嘴里，可是书却厚得跟画布一样，撕都撕不破啊！”

远子学姐哭哭啼啼地说，她的书包里只放了森鸥外的《高濑舟》，而且已经吃到只剩一半了，所以来到这里之后，她早中晚都只能忍着饥饿一点一点地吃，就像在嚼荞麦面团一样，因此我被远子学姐催促着坐到床上，拿出一沓五十张的稿纸放在膝上，用 HB 自动铅笔开始写起我经常在社团活动教室写的三题故事。

……她把我找来就是为了这件事吗？

远子学姐是个吃故事的妖怪。

她会撕下书的内页，开开心心地一边评论一边吃得津津有味。

虽然她本人一直声称：“我才不是妖怪！我只是个‘文学少女’啦！”但是她吃书的模样怎么看都像妖怪。

“既然那么饿的话，你自己写来吃不就好了？”

我一边写字一边冷淡地说，抱着肚子倒在一旁的远子学姐用可怜兮兮的声音回答：“呜……我也试着写了赫曼·梅尔维尔《白鲸记》里阿哈船长和抹香鲸莫比·迪克之间的激烈战斗场面来吃，可是总觉得味道不对嘛——原本打算做出鲸鱼的鱼排，但是吃起来却像是泡在微波咖喱酱汁里的鲸鱼肉片。这是对阿哈船长的亵渎啊！”

“既然文章内容一样，味道也应该一样吧？”

“才不是呢！就算同样是一流餐厅的法国料理，坐在播着古典乐的餐厅里用精致碗盘盛起来吃，跟盛夏时在冷气坏掉的破烂公寓里，用塑料袋代替盘子装来吃，味道也完全不一样啊。”

她只有对食物绝不妥协，这一点到底该说是优点，或者只是纯粹的任性呢？

如果我没来的话，她又打算怎么做？

“心叶你快写啦……我饿得前胸贴后背了。”

虚弱地说完之后，她的肚子真的咕噜咕噜叫了起来。

我撕下一张刚写好的稿纸递给她。

“只写到一半，你先吃吧。我是随便选个题目来写的，所以不管吃起来是什么味道都请别抱怨。”

“谢谢——”

远子学姐双手接过，端正跪坐在床上，贪婪地读了起来，然后撕破稿纸放进口中。

“好、好吃——”

她闭上眼睛，露出满足的神情，又陶醉地继续吃。

“好像加了好多培根的蛤蜊奶油汤，有牛奶的香浓味道呢。被绑架的女孩和犯人变成朋友，后来两人一起搭上气球，去找寻她从出生时就分离的母亲。啊！胃壁好像变得暖烘烘的了！”

罢了，空腹的时候突然叫她吃超辣料理也太残酷了……

不过我一边写起第二张稿纸，一边还是淡淡地说：“题目是‘绑架’‘气球’……还有‘崩溃’。”

远子学姐突然被正要吞下的纸片哽住喉咙，大咳起来。

“怎么这样嘛！心叶！难得有这么好喝的汤，竟然要弄得又苦又辣！我喜欢现在的味道啦。”

远子学姐因为不知道味道会变得多恐怖而怕得发抖，我却视而不见，继续写故事。

其实，我要写的是犯人企图绑架勒索的坏心肠“崩溃”的甜美结局，但我也想回报一下突然被叫来这种深山里的怨恨。

看她皱成八字眉的害怕模样，我总算畅快一点了。

虽然我还是很在意屋内人们的异常举止，但是如果我轻易告诉远子学姐，导致她又投入某些奇怪的行为，我就等于是自食恶果，所以还是先保密吧……

隔天，远子学姐像个法国娃娃一样，包在大量的蕾丝之中。

她今天也没绑辫子，衣领有蕾丝，袖子有蕾丝，裙子也有蕾丝，就连戴在头上的娃娃帽也满是蕾丝和荷叶边。

“我说远子啊，心叶也在这陪你，你就开心一点嘛。”

面对画布的麻贵学姐嘲弄似的对抱着椅背、板着臭脸的远子学姐说。

我愣愣地靠在窗边，看着她们两人相处的情况。

“帽子太重了，害我头好痛喔！束腹也绑得太紧啦。”

“那我就叫心叶帮你把背后的带子解开吧？你高兴的话，就算全部脱光也行喔。”

“你、你在胡说什么啦！我跟麻贵不一样，我可是个守身如玉的文学少女喔！”

“是吗，会在心叶面前宽衣解带，这算哪门子的文学少女啊？”

麻贵学姐拿出远子学姐以前为了交换情报而脱到极限的往事，笑嘻嘻地说。

“当时你竟然带心叶一起去，让我吓了一大跳，我还在想，难道你真的这么想展现你的扁平胸吗？”

没错……远子学姐穿着衬裙和胸罩的胸部真是扁得叫人伤心。

“胸、胸部又有什么大不了的！你可别因为自己胸部那么壮观就在那耀武扬威！再说，我会带心叶一起去，是因为只有我一人的话不知道会被你怎么样啦！”

“说得也是，只有我们两人的话，说不定我真的会失去理智对你下手呢。”

“你看，终于说出真心话了吧！别开玩笑了，我可是很正常的，我才不想让眼神那么下流的人看我的裸体呢。”

“真可惜，早知如此就应该隐藏真心接近你才对。”

“不可能的，从开学典礼第一次见面以来，你就一直色迷迷地盯着我。”

“因为我对你是一见钟情嘛。当时我立刻想到，啊啊，真想脱了那女孩的制服，画下她一丝不挂的模样。”

“哪有高中女生跟人刚见面时就会想到这种事啊！这一点都不动人！这才不是爱，太奇怪了！根本就是变态！”

我开始感到头痛，站了起来。

“心叶，你要去哪啊？留在这里嘛。”

“你们的事跟我没关系。”

如果继续听她们的对话，总觉得我对女性的印象会变得扭曲。

“讨厌啦，心叶，不要把我跟这个变态单独留在这里啦——”

我把远子学姐的大叫抛在脑后，离开房间。

真受不了。

我略显疲惫地走下楼梯，踏出庭院。草皮和树木的枝丫尽情伸展，花坛里杂草丛生。看来根本没在整理啊，为什么麻贵学姐要来住这个不甚舒适的别墅呢？麻贵学姐应该可以去住高级饭店或是来一趟豪华旅行吧？话说回来，高见泽先生的言行也让人觉得很不自然……

我走到鱼谷小姐昨天膜拜的祠庙看看。这座祠庙的风格也跟洋房很不搭调，到底是在祭祀什么？

——奇怪?

我觉得背后有种异样感,回头却又看不到人。

但是那种不安的感触却没有消失,我仔细凝望刚刚走出的建筑物,突然注意到一件奇怪的事。

洋房右半边的屋顶、墙壁颜色还有窗框,跟左半边相比似乎有些不同。

我昨天到达时天色已经暗了,所以看不清楚,可是现在再看就觉得左右两边像是扣错扣子的衣服一样不太对称。

这是怎么回事?

狼犬突然跑来,汪汪地狂吠。

哇,又来了!这只名叫男爵的狼犬可能是放养在庭院里当看门狗。但不管它受过多少训练,放着这么大的狗随便跑也太危险了吧?

男爵乌溜溜的眼睛紧盯着我,发出凶猛的咆哮。看它似乎随时要扑过来的样子,我慌忙退开。

当我在建筑物后方的储藏室附近闲晃时,突然听见奇妙的歌声。

对面山谷有蛇竖立,
化为八幡老者之女,
瞧它扮得惟妙惟肖。
颈上饰有水滴珠,
脚下踩着黄金鞋,
口中喊着新名姓,
越过荒山和旷野……

这是什么歌啊？

我窥视储藏室后方，发现鱼谷小姐靠着大树坐在地上。

她像个孩子一样，怀里万分珍惜地抱着一颗褪色红线卷成的旧手球，眼睛闭着，嘴唇轻微开启。

对面山谷有蛇竖立，

有蛇竖立……

纵横交错的树枝阴影落在她小小的脸上，歌声像啜泣一样孤寂。

我正犹豫着该不该离开时，鱼谷小姐就发现了我，她用力抱紧红色手球，冷漠地瞪着我。

"我正在休息，怎么了？"

"抱歉，因为男爵对我吠个不停，我才走来这里，然后就听见你的声音……"

结果鱼谷小姐好像有些吃惊，还责备似的问我："你想要外出吗？"

"唔……只是想散散步……"

"劝你还是别去比较好。"

"咦？"

"'外面'有池子，很危险的。"

"池子？"

为什么会突然提到池子？鱼谷小姐尖锐的眼神盯着疑惑的我，继续说："是的，那个池子很深，掉下去的话会被水草缠住，再也浮不上来。那个池子还淹死过人，所以请你务必待在屋子里。"

她的表情为什么如此僵硬、严肃？简直就像在警告我，“只要出去一定会掉进池子”一样……

我忽觉背脊发凉，冷汗迸出。

“我知道了。现在也开始起风了，我就回屋子去吧。”

说完之后，鱼谷小姐才转开视线。

“等一下我会送茶水过去。”

“谢谢你，冷的比较好。”

我沐浴在夏天艳阳之下，目送鱼谷小姐行礼离去。她抱在怀里的红色手球，看起来简直像是迎接死者的彼岸花。

◇ ◇ ◇

初次见面时，我真觉得她是人比花娇。

凉爽的风把她的秀发和裙摆吹得轻柔飘舞，连包围在她身边的空气都令人感到祥和温柔，跟周遭截然不同。

那时我不知道盯着她看了多久。

仿佛时间静止一般良久伫立。

当她扬起长长的睫毛，跟我四目相对时，我的心脏差点停止。

她的脸颊染上飞红，接着立刻露出婉约的微笑，让我感到如同身处幻境，看得目不转睛。

我想，我一定从那时开始就一直在做梦吧。

◇　◇　◇

这间屋子好像真的不太对劲……

我把自己关在房里，一边写着要给远子学姐当午餐的三题故事，一边胡乱思考，不知不觉过了很长一段时间。

快到中午时，远子学姐鼓着脸颊出现了。

“好过分喔，心叶，竟然丢着学姐不管。你知道后来麻贵是怎么对我性骚扰的吗？真是太可恨了！”

“你这样真的很像妖怪耶。”

“呃……我才不是妖怪！”

虽然她拗起脾气，但是我一拿出三题故事，她就立刻转换心情，眉开眼笑地吃了起来。

“好好吃喔！就像刚炸好的可乐饼三明治呢！题目是‘骆驼’、‘祠庙’和‘暑假’啊？好可爱的故事，配上吐司真是又香又脆。那我就原谅你说我是妖怪的事吧！把心叶叫来真是太好了！”

真是的，她也太会顺水推舟了吧。

“唔唔……不赶快吃完的话，麻贵就要来叫我们吃午餐了。”

“晚点再慢慢吃的话比较好消化吧？”

“可是我忍不住了嘛。”

急忙吞下最后一张纸片的远子学姐露出开朗的笑容。

“明天麻贵要出门，我不用当模特儿了。听说对面山上比这里热闹，现在已经是观光区了。心叶，我们一起去逛逛吧？”

鱼谷小姐对我说过的“请不要外出”，和她冷淡的表情一起浮现在我脑海里。

但是我如果拒绝，远子学姐一定又会生气……

反正只要不靠近池子就好了吧？

因为如此，隔天我们看准男爵的喂食时间跑出屋外，走过山路，到达热闹的小镇。

这里有火车站也有巴士站牌，街上满是土产店。

"哇，是书店耶！"

远子学姐就像在旅途中看见美味的点心店一样，兴奋地冲过去。

她现在穿着清纯的白色连身洋装，脚下是系了缎带的凉鞋，头发跟平时一样绑成辫子。远子学姐一开始就鼓着脸颊说"外出的时候不能不穿制服啦"，但是麻贵学姐似乎帮她准备了所有衣服。她抱怨地说着："这已经是衣柜里最朴素的一件了……"

不过，白皙纤瘦的远子学姐还真适合穿这种避暑胜地千金小姐风格的衣服。就连路人都以赞叹的眼神看着这位身穿薄布洋装、摇曳着辫子的古典美少女。走在她身旁的我虽然不是众人注目的焦点，却也感到很不自在。

但远子学姐一点都没发现大家在看她，只顾着一脸饥渴地冲进书店。

"你看，这是托马斯·曼的《托尼奥·克勒格尔》耶！托马斯·曼是一八七五年六月六日生的德国作家，最有名的作品是《威尼斯之死》和《魔山》。《托尼奥·克勒格尔》也是他的代表作之一，以他身为艺术家的内心纠葛作为主题。

"主角托尼奥想要亲近他的同学汉斯以及一位叫做英格的金发

美少女，但是他的心情却无法传达给他们。就像重乳酪的烤芝士蛋糕，略酸的浓厚滋味在舌上逐渐扩散、慢慢融化，还飘出柠檬和洋酒的微香，虽有哲学探讨却很清爽，稍微浅尝也能品味到它的苦涩喔。”

她一边翻书，一边大发评论，好像随时都会把书撕破吃掉似的。

“喔喔，这里也有歌德的《赫尔曼和多罗泰》和诺瓦利斯的《亨利希·冯·奥弗特丁根》耶！而且还有富凯男爵的《水妖》和霍夫曼的《黄金壶》！店员大概是德国文学的爱好者吧？德国文学所描写的男性都有极高的自尊，毫无通融的余地，却又多愁善感，真是太美妙了。啊啊，德国文学……好像很可口……好想吃喔……”

“如果要吃，拜托你等到付了钱买回去之后再吃。”

远子学姐听了就变得垂头丧气。

“我没钱了啦，钱包里面只有三百一十四元。”

“这样啊。”

“心叶，你还没给我生日礼物喔。”

“你也有生日啊？”

“当然有！是三月十五日喔。”

“那不是还很——久很久吗？”

“所以先给我今年的礼物嘛。”

远子学姐怀中紧抱着书对我央求，我不由得叹了一口气。

“只能买三本喔。”

“谢谢！那我要这书柜最上面的歌德精装本和……”

“只能买三本‘文库本’！”①

① 文库本，小尺寸的口袋书。

远子学姐虽然喃喃抱怨着“小气鬼”，但也开始沉吟，认真地选起书本。不久之后，她露出孩童般的笑容拿给我三本文库本。

“就这几本吧。”

我接过托马斯·曼的《托尼奥·克勒格尔》、梅亚法斯特的《阿尔特海德堡》和富凯男爵的《水妖》走向柜台。

远子学姐从一旁探头过来，鼓着脸颊说：“麻烦帮我包装成礼物。”

店员拿出高雅的焦褐色包装纸，把三本书一起包起来，还绑上金色缎带，再放进手提纸袋。

走到店外之后，我把礼物交给远子学姐，她笑得更灿烂了。

“谢谢你，心叶，我会好好珍惜的。”

“反正迟早要吃到肚子里，应该不需要缎带吧？”

“有什么关系，这是礼物嘛。”远子学姐笑嘻嘻地说。

算了……她高兴就好了……

“啊，心叶，我们也去看看土产店吧。心叶应该也要买土产给家人和朋友吧？”

说完之后，她就拉着我走向商店。

“预算只有三百一十四元应该很难买什么吧？”

“呜呜，心叶借钱给我啦。”

远子学姐说着开学之后一定还我，就拿着我给的三千元，开始仔细地帮寄宿家庭和学校朋友们选起礼物。

女人买东西为什么老是这么久啊？

我帮家人买了梅子口味的仙贝，也帮舞花挑了兔子布偶，正要去结账时，远子学姐看着我的手说：“心叶，你只买这些啊？不买朋友的份吗？”

“因为我没有能送旅行土产的朋友啊。”

我淡然说道，远子学姐就探出上身。

“小七濑呢？最近常跟你在一起的芥川呢？也还有千爱吧？”

“竹田同学的话，远子学姐就会送了吧。芥川跟我也没有好到那种程度，琴吹同学好像很讨厌我。”

远子学姐吃惊地睁大眼睛。

“咦？心叶，小七濑没有寄暑期问候信给你吗？”

“没有。”

她为什么要给我寄暑期问候信啊？

远子学姐环抱双手，“唔……”地沉吟，很快又笑着抬起头来。

“还是帮小七濑买礼物吧，芥川和千爱的份也要买！人与人之间的日常相处都是由一些小事累积起来，这是很重要的喔，也是有从土产开始的罗曼史和友谊嘛。你看，这个柿干好像很好吃耶。”

“从柿干开始的罗曼史是什么玩意儿啊！”

远子学姐可不是听我说“只买家人的份就够了”就会善罢甘休的人。最后因为她那句“这是学姐的命令”的惯用台词，我不得不为芥川挑了附上螃蟹小玩偶的奇怪原子笔，为竹田同学挑了小鸡造型的纸镇，还帮琴吹同学买了一个桃红小手球的日本风味手机吊饰。

芥川和竹田同学就不说了，但我会有机会拿礼物给琴吹同学吗？

脸庞圆滚滚的店员老爷爷不知是不是听到我们的交谈，嘴边浮现出暧昧的笑容。等待结账的时候，我的脸红得都快喷火了。

不过，远子学姐一点也不在意地对老爷爷说：“不好意思，请问这附近有没有比较推荐的观光景点呢？”

“这地方只有风景可以看，到了秋天会有很漂亮的枫叶喔。小姐你们住在哪边啊？”

“我认识的人在山里有间别墅，我们就住在那里。”

“别墅？难道是姬仓家吗？”

老爷爷突然惊愕地大叫。

“呃，是啊……”远子学姐疑惑地回答。

突然间，店里和街上的人们都转头看着我们，很恐惧地低声交谈。

“他们说住在姬仓家的别墅耶！”

“咦咦！那间鬼屋？就是以前有巫女跟妖怪作战结果被吃掉的那个地方吗？”

巫女？妖怪？这是怎么回事啊！

哑然失语的我还听见更多可怕的言论。

“就是发生大量杀人事件，整间屋子变成一片血海的姬仓家？”

“那里现在不是还有妖怪还是幽灵出没吗？好可怕喔！那些孩子一定会被鬼怪缠上的！”

向来怕鬼的远子学姐看来好像快要昏倒了。

路上人潮开始聚集，窃窃私语也变得越来越大声，大家还毫不客气地打量我们，简直把我们当作展览台上的珍禽异兽。

我抓紧装了土产的塑料袋，穿过人群逃离这个场面。

跟在我旁边跑的远子学姐，还哭丧着脸摇头大叫：“讨厌，我最讨厌幽灵了啦！”

第二章

读书的巫女

“幽灵是怎么回事！请你好好说明一下！”

入夜后，麻贵学姐一回来，远子学姐就甩着辫子冲去逼问她。

“好好好，你怕鬼怕得不得了的事我已经非——常——清——楚了。你也不用怕成这样啦，要不然我会想要抱紧你喔。”

“我、我才不怕咧！只有小孩才会怕鬼啦！”

穿着一件式睡袍和针织上衣的远子学姐跨开颤抖的双脚，逞强地说。

麻贵学姐当然早就看透了，她跷着腿坐在沙发上，抓起鱼谷小姐送来的宵夜三明治和橄榄。

“根本没什么大不了的。那些谣言只是捕风捉影，说这里是鬼屋啦、受诅咒的房子什么的。这里出现尸体都是将近八十年前的事了，而且还驱邪过，也重新整修过了。”

远子学姐“咻”地倒吸一口气。原本漠不关心看着一旁的我，也忍不住探出身体问：“这里真的出现过尸体吗？”

麻贵学姐不以为意地说:“是啊,也才六具啦。”

有六具尸体!

远子学姐僵着表情呆立原地,我也开始觉得心里很不舒服。

只有麻贵学姐好像挺乐在其中,她又吃了一口烤牛肉三明治。

“还好吧,这在战前又不是什么稀罕的事,还挺常见的啊。”

“我可不这样想。那又不是战国时代,就连大正民主思潮都已经结束了吧。”

“就、就是说啊。心叶说得没错,有六具尸体实在太异常了。到底发生了什么事,怎么会死那么多人?”

麻贵学姐优雅地啜饮红茶,卖足关子之后才开始说起事情源由。

将近八十年前,姬仓家的小姐在这座深山中的别墅静养。

某天有个学生来到别墅,跟这位小姐互相倾心。两人相处得十分愉快,但是后来学生的朋友来接他,他就丢下小姐离开了。

小姐因为过度伤心,所以投池自尽。

“那位小姐其实是一位巫女,而且,那座池子里封印着妖怪。”

“请等一下,这该不会是什么深夜动画的剧情吧?”

我不禁打断麻贵学姐的侃侃而谈。

虽然我在小镇上也听到了巫女和妖怪之类的事情,不过这话题也太跳脱现实了,我实在是跟不上。不,真要说起来,我眼前也站着一只会啪嗒啪嗒吃文字的妖怪。

远子学姐不高兴地鼓起脸颊。

“怎么可能有妖怪嘛,别开玩笑了。”

我死命压抑想要吐嘈的冲动。这个人对自己的妖怪身份一点自觉都没有吗?

麻贵学姐带着吃人般的可怖表情继续说:“哎呀,姬仓原本就是巫女的家系啊。姬仓家之所以崛起,就是因为身为龙之末裔的美丽巫女镇压了扰乱都城的妖怪,才被当时的皇上赐予官位。在那之后姬仓就被视为司水的一族,又靠着从商累积财富。而且姬仓家历代都会出现巫女,靠着操控妖怪使家族迈向繁荣喔。”

“这玩笑开得太过火了吧。”

的确,巫女那种神圣纯净的气质跟麻贵学姐一点都不配嘛。如果说是魔王的家系,我可能还比较相信。

麻贵学姐嗤嗤笑着说:“无所谓啦,总之当时住在别墅的小姐也拥有巫女的力量,可以把妖怪镇压在池里,纳于掌控之中。但是巫女一死封印就解除了,所以妖怪跑出来,把别墅里的所有佣人都杀死了。”

“这么说来,六具尸体都是妖怪造成的啰?”

“村子里是这样传说的。不过巫女是自杀的,所以正确说来应该是五具吧。”

麻贵学姐心怀不轨地眯起眼睛,声音突然变得低沉。

“不知怎地整间屋子都沾满鲜血,没有一个人活下来,也不知道犯人是谁。情况真的有够凄惨喔!血都溅满墙上了,其中一具尸体的脸到咽喉都被镰刀割开,一具尸体是被铁锹刺进胸口,一具尸体是被轰了一枪,一具尸体是从楼梯滚下摔断颈椎,还有一具尸体是口吐白沫倒在地上。”

“!”

远子学姐整张脸都绿了,想必她脑中一定想象着实际的画面吧。我也忍不住想象起被镰刀割开咽喉的尸体,胃里的东西几乎要呕出来。

麻贵学姐全力驱动她虐待狂的本性,依然不停地说:“同一天的晚上,就有村民看见吞噬了小姐的池子里爬出妖怪喔。在月光之下,妖怪披着长长的白发,手上握着残破的手臂,头发和脸上不停滴着鲜红的血液,眼中闪烁着憎恨的光芒,用可怕的声音喊着男人的名字,还大叫着‘不可饶恕’喔。”

“那……那个男人就是小姐的情人吗?”

远子学姐害怕地问。

“是啊,大概是小姐的怨念转移到妖怪身上了吧。”

“!”

隔天早上,屋子里的几具尸体被发现了,目击怪事的村民就到处大喊“池子里跑出妖怪了!”“姬仓家的小姐被妖怪吃掉了!”“佣人一定都是妖怪杀死的,这是鬼怪在作祟啊!”整个村子都陷入了恐慌。

“据说妖怪至今也还在这间屋子和池子周围徘徊喔。”

“至、至今也……”

看见远子学姐抖个不停,麻贵学姐不怀好意地微笑。

“是啊。妖怪披着一头雪白长发,穿着纯白和服,还一直低声说着‘我好恨……我好恨啊……’有不少人在锁住的屋子窗边看见白发女人呢,而且就连最近都……”

“你、你你你你可别想吓唬我,这种故事一点都不可怕……”

远子学姐一边说,一边还战战兢兢地朝四周张望。

麻贵学姐大大地耸了耸肩膀。

“我又没有要吓唬你,我自己也很烦恼啊。我们本来要在山上开辟工厂,但是附近居民都激烈反对,说这样会被妖怪作祟,这件事吵了好久呢。只要动工的事情讨论到具体阶段，就会发生火灾，或是有人受伤，所以现在一发生什么不好的事，大家就会牵扯到妖怪。就连监督工程的曾祖母九十九岁驾鹤西归、儿媳妇跟人跑掉、村长家的猫生了九只小猫都被说成是妖怪作祟，真是受不了耶。”

她一脸厌烦地说完之后，两边嘴角轻轻扬起，丰满的唇如花般绽放，精力十足的眼睛发出灼灼光辉。

“所——以——呢，我为了证明没有妖怪作祟，就代表祖父来到这里啦。身为姬仓家一分子的我，如果找朋友一起来住这间发生惨剧的屋子后，也能无病无灾地平安度过，应该能给附近居民一个好印象吧。比起去尼斯交际应酬，这样度过暑假更有意义。如果这件事办得好，还可以卖个人情给祖父，这样也挺不错的。”

麻贵学姐跑来这座深山里，就是因为这种理由吗……

远子学姐依然鼓着脸颊，用疑惑的眼神盯着麻贵学姐。

“屋子里的人老是一副害怕的模样，就是因为这样吗？”

看来远子学姐也发现了屋里的气氛很怪。话说回来，他们表现得那么明显，任谁都会感到奇怪的。

麻贵学姐平淡地回答：“是啊。大家应该是在担心又要发生什么事件，怕这次会轮到自己被妖怪吃掉吧。”

“不要什么都推给妖怪！而且，这世上也没有幽灵。”

远子学姐红着脸坚持地说。

“是吗？我倒觉得真的有也不奇怪呢。”

“才没有！绝——对没有！”

说穿了，是因为真的有的话，她的麻烦就大了吧。

麻贵学姐露出像是肉食动物在追捕猎物时的眼神嫣然一笑。

不祥的预感爬上了我的背脊。

"是吗？既然如此，你这位'文学少女'要不要来解读这事件的真相？"

在眼睛圆睁的远子学姐面前，麻贵学姐动作流畅地掏出一本日记簿。

"远子学姐真的要调查八十年前的事件吗？她一定是故意指使你的，你这样简直就像被操控的妖怪嘛。"

"我才不是妖怪呢！"

远子学姐把焦褐色封面的旧日记紧紧抱在胸前，生气地反驳。她走在清冷的走廊上，一边还像小孩子一样拗着脾气说："我、我才不是为了帮妖怪洗脱罪名或是中了麻贵的激将法才接受她的要求，这是因为，如果拒绝的话，好像就显得我很怕鬼似的。"

这根本就是中了激将法啊！

我想这样回答，又觉得无济于事，所以就放弃了。

"是吗？那你就在不会被幽灵作祟的程度之内好好努力吧，我要去睡了。"

我可一点都不想插手，就快步走向自己的房间。

不过远子学姐却像小鸭一样，亦步亦趋地跟在我身后三十公分之处。

"远子学姐的房间应该在另一边吧？"

"呃，我……"

她一脸快哭的模样，抓住我短袖的尾端。

"我绝对不是因为一人独处会害怕喔！幽灵啦迷信什么的我才不在意呢……我也不觉得有妖怪作祟……我真的完全不在乎喔……"

她面红耳赤、支支吾吾地解释之后，举起手上的日记，谄媚地笑着说："因为姬仓小姐的这本日记是用旧假名写的，很难看懂，所以就让我帮你翻译成现代日文吧！你也想听听看吧？那就让我去你的房间吧？"

——我再怎么说也是个男人吧……

远子学姐擅自跟着我回房间，还大剌剌地盘腿坐在床上。

这张床是附有顶盖的大尺寸双人床，所以空间还很够，不过问题并不在这里。已经穿着睡衣的我关上电灯，爬进被窝里。然后她不知从哪找来一条备用毛毯披在肩上，靠着床头灯的光线开始读起日记。

都是这种年纪的女生了还这么缺乏警戒心，我真不知该拿她如何是好。

远子学姐就在离我近到鼻息清晰可闻的距离，摇着她的辫子……我好像还能闻到洗发精的香味……如果有个什么闪失的话该怎么办啊！

说是这样说，但我反而觉得自己像睡前要母亲读故事的小孩一样，感觉好丢脸。

我脸颊火烫，耳朵发痒，心脏扑通扑通狂跳不已。

轻柔的花香跟甜美清澈的声音一起从我头上降临。

"住在东京的父亲大人送我的书已经寄到了。我一翻开封面，就看到父亲大人写的字。父亲大人的字体很漂亮，又有格调，还有着符合身份的劲道。我再三细看，开心和感动之情充斥于心。

"父亲大人、母亲大人还有弟弟妹妹们都过得平安健康吗？每次收到书，我都觉得幸福得无以复加，但也更思念家人，难过得不禁落泪。就算只有两三天也好，不，就算只有半天、一天也好，我真想回东京的家。

“但是，我非得忍耐不可，因为我跟父亲大人约好了。”

“今天父亲大人寄来的书是尾崎红叶的《金色夜叉》、樋口一叶的《比肩》和泉镜花的《歌行灯》。泉镜花是我最喜欢的作家，所以我好高兴。镜花还是红叶的学生呢。”

“看书看了一整天，我觉得镜花的文字就像一颗颗宝石。看到三重小姐跳舞的场景时，我也觉得仿佛被一道七彩光芒包围，心情像是飞上天空一样愉快。”

“我也想如镜花小说中所描写的女性般一样地谈恋爱——深情、温婉而崇高，虽然悲切却毫无杂质，纯洁美丽的恋情。”

写下日记的小姐完全看不出巫女那种夸张的设定，她只是个怀念着远隔的家人，憧憬着小说般的恋情，很普通的爱书少女。

我还觉得她跟远子学姐有点相似，这是因为她在日记里热情地写下读书感想的缘故吗？

或许也因为是由远子学姐的声音来朗读，更让我觉得她们的形象重叠了。意识开始变得模糊的我并不是把姬仓小姐想象成麻贵学姐，而是远子学姐。

一个是珍惜地抱着父亲寄来的书，迫不及待地想快点阅读，就连吃饭都吃得食不知味，白皙纤瘦又有一头乌黑长发的少女。

一个是从早到晚都沉浸在书中，为书里的恋情和冒险而感叹，仿佛把喜爱的文章含在舌上一般反复朗读、背诵、为之倾倒，眼神陶醉迷朦的“文学少女”……

“今天收到一本美得令人赞叹的书。父亲大人送给我的每一本书都很精致，但是这本书特别迷人。封面是红色、桃红色、水蓝色、紫色，还有金丝银线绣出的花朵，触感舒适的纸上有娟秀字迹写下的文字。这本书到底是怎么制作的呢？

“书上的故事是泉镜花的《夜叉池》，更是令人开心。我觉得这就像是为我特地制作的书。”

“我已经读了十几次《夜叉池》。但现在比以前读的时候，似乎又多了一些甜美的感觉。至今看过的泉镜花小说之中，我对《夜叉池》的喜爱远胜过《歌行灯》《草迷宫》和《照叶狂言》。

“这个故事的主角百合还跟我同名呢。

“我也叫‘由梨’①，所以这本书会来到我手上，一定也是命运的安排吧。”

“我跟小白从后门偷溜出去，到池边散步。

“晚上池子会出现妖怪所以很可怕，但是白天的池塘非常漂亮。小白也玩得很开心。

“我突然想到，干脆帮妖怪取名为‘白雪’吧，因为《夜叉池》里面也有叫做白雪的妖怪住在池里。

“这样一来，或许我就不会觉得那个白色妖怪有多可怕了。

---

① “由梨（ゆり）”和“百合”的日文读音都是 yuri。

“《夜叉池》里的白雪为了百合而乖乖地遵守约定，还会藉着百合的歌声来排解寂寞。”

白雪……妖怪……真的有妖怪吗……像远子学姐那样，跟人很像的妖怪……不可思议的女孩……被封印在池子里吗……

温柔的声音，暖和的棉被，让我的意识逐渐飘远。

还没见过的水池如幻影般浮现在我脑海，像是萤火虫的小小光芒四处飞舞，其中还传来类似摇篮曲的奇特歌声。

对面山谷有蛇竖立，
有蛇竖立，

颈上饰有水滴珠，
脚下踩着黄金鞋，

口中喊着新名姓，
口中喊着……

◇　◇　◇

窗帘的缝隙中透入柔和的白光。房间还是一样阴暗，所有东西的轮廓都变得模糊。

现在是夜晚尚未离开，梦与现实交会的时间……

所以，这时我看见的说不定都是梦。

脸色苍白的远子学姐垂下目光看着我。

她凝视着我的眼中满是寂寞。

松开的辫子发尾搔着我的脸，一只白皙冰冷的手轻轻将其拨开。

将触而未触……无比温柔地……

我睡意惺忪的耳朵听见了断断续续的低语。

“今后……我还能再待多久呢……”

远子学姐在说什么啊？

为什么她会毫无防备地露出这么哀伤的表情看着我？

姬仓小姐的日记翻开到最后一页，放在远子学姐的膝上。

有一朵红花从里面落下。

那是抚子……①

在香甜的芬芳中，我又闭上了眼睛。

◇ ◇ ◇

起床之后，窗帘外已经变得很亮了。

---

① 抚子，石竹花。常用来形容具有日本传统美德的女性。

鸟儿在窗边高亢地鸣叫。

我猛然吃了一惊，急忙四处张望。

远子学姐不见了！

床上和房里各处都看不见她的踪影。

远子学姐昨晚披的毛毯折得整整齐齐地放在床尾，证明她确实在这里待过，但日记却不见了。

毛毯摸起来凉凉的。远子学姐跑到哪去了？

我回忆起破晓之前在如雾遮掩般的迷濛视线中看到的哀伤眼神，以及那细微的低语，突然觉得胸口骚动，心情怎样都平静不下来。

难道那是在做梦吗？

一醒来却看不见远子学姐，让我感到极度不安，脑袋也渐渐发热。

我懊悔到近乎焦虑，赶紧换上衣服走出房间。

为什么她擅自跑来，却又随便消失啊！

不，说不定她只是去洗手间。而且就算远子学姐在半夜回到自己的房间，我也没有理由责备她——啊啊，我干吗急成这样呢？

我走到远子学姐的房前敲门，却没人回应。开门一看，里面空无一人。

这事态令我受到剧烈冲击，全身都冒出冷汗。此时，却有一个冷冷的声音从后方传来："要找远子小姐的话，她正在书房里。"

我回头一看，鱼谷小姐以责难般的眼神瞪着我。

"远子小姐一副很消沉的样子，你对她做了什么吗？"

"我没有啊。"

我心神不定地回答。

昨晚的事果然不是梦吗？远子学姐发生什么事了？

“请问书房在哪里？”

“……请往这边走。”

鱼谷小姐不耐烦地眯细眼睛，摇晃着两根马尾，老大不高兴地别开脸，迈出脚步。

我也默默地跟在鱼谷小姐身后。

“……”

“……”

鱼谷小姐走到一楼西侧的房门前，停下脚步敲门。

“喔喔，请进——”

远子学姐怡然自得的声音从里面传出。

奇怪？

鱼谷小姐打开房门。

门扉顿时“嘎嘎”地响起。

房中弥漫着干草的味道，墙上只有一个窗棂呈格子状的小窗口。空气冷冰冰的，时间仿佛在此静止了。

窗户虽然开着，却没有风吹进来。四坪大的房间四周都是书柜，全塞满了旧书。书柜高到天花板，一旁还放着木梯。

远子学姐白色棉质洋装的裙摆飘然垂散，她坐在褪色的老旧长椅上，看着放在膝上的书，曲脚的桌上还叠着好几本书。

她已经换过衣服，重新绑好头发了，整齐漂亮的辫子披垂在裙子上。

那副模样跟这些旧书实在是太相称了，就像一朵纯白的花——美丽、优雅、令人转不开目光……

有一瞬间我真以为坐在那里的不是远子学姐，而是某个我不认识的人。

她晃动着辫子，慢慢抬起脸。

那双澄澈的乌黑眼睛和呆立原地的我目光交会时，瞬间透出了柔和的光辉，嘴唇也像花朵绽放一样笑开。

“早安，心叶。”

鱼谷小姐客气地对远子学姐行了礼，才离开房间。

我仍旧站在门外，犹如身处梦中，痴痴望着远子学姐娇花般的笑容。

“怎么了，心叶？干吗发呆啊？你还没睡饱吗？你昨晚明明比我早睡，就连我捏你的鼻子、搔你的喉咙，你都没醒来耶。”

“你趁我睡觉时做了那种事吗？”

“是啊，结果你一直都没醒来嘛。心叶实在太会睡了，这样你在毕业旅行的时候，会被室友在脸上乱画喔。”

“唔——”

远子学姐不理会我的呻吟，还是笑嘻嘻地说：“啊，心叶送的《托尼奥·克勒格尔》我今天早上已经用过了。托马斯·曼真是太棒了！我觉得一大早就充满了哲学的气氛呢！”

看她说得兴高采烈的样子，我完全想象不出她在黎明前的寂寥表情。难道说，真的是我看错了吗？鱼谷小姐说她“一副很消沉的样子”，说不定也只是因为她肚子饿了吧？

对，一定是这样没错。

我为自己刚才那么着急的事感到懊悔，因此相当粗鲁地关上房门。

“嗯？你看起来很郁闷耶。”

“是远子学姐想太多了。你一直没睡吗？”

"是啊。"

"那还能这么有精神啊?"

"因为我常常熬夜啊,尤其是考前。"

远子学姐嘿嘿笑着,挺起胸膛。真是让人不爽。

"那你应该读完日记了吧?"

她小巧的脸上敛去了一些笑容。

"嗯嗯……是啊。"

咦?她好像还是有些无精打采呢。

正当我这么想的时候,远子学姐又笑容满面地站起身,张开双手。

"你看,这里就是小姐写日记的书房。简直是个梦幻世界啊!到处都放满了美食呢!太美妙了!啊啊,可惜书太旧了,已经过了保存期限,所以没办法吃,真是遗憾。"

她悲伤地叹息,然后沿着书柜漫步,满怀爱意地凝望着一本本的书背。

那位爱书的姬仓小姐……也会这样眼睛发亮地拿起书本细细翻阅吗?这么一位平凡的少女,却因为失恋而投池自尽……

"这本书是住在东京的父亲为了女儿而送来的。对她来说,书本就是父爱的证明。"

远子学姐一边说一边抽出书本,翻开褪色的封面。

"'赠予吾女'……"

她用带着一丝忧伤的声音念着,把封面翻开的书本递给我。

封面内侧写着"赠予吾女"的字样,显然是父亲为了在深山别墅生活的孤单女儿而写的。

"我看到的书全都写了同样一句话。我想,可能这房间里所有的书都写了吧。”

稍微流露寂寞的眼神之后，远子学姐温柔地说：“因为她不能外出，所以父亲寄来的书大概是她惟一的期待了。每次收到书，想必她一定都开心得废寝忘食，整个人埋首于书中的世界。

“由梨最喜欢的作家是泉镜花，心叶手上的那本书也是镜花的作品喔。”

我阖起封面，看见上面写了“泉镜花”的名字，还有书名《草迷宫》。

远子学姐生气盎然地说：“镜花出生于一八七三年，是个作品发表时间横跨明治、大正、昭和三个时代的作家。他吸收了上田秋成等人从江户时代流传下来的奇幻文学传统，以独特的汉字和拼音写下浪漫和奇幻作品，塑造出极富幻想的个人风格。此外，他也写了很多以花街柳巷为主题的名作。不只吸引了无数读者，就连作家之中也有不少爱好者，芥川龙之介写过大力推荐《镜花全集》的文章，三岛由纪夫和川端康成也可说是受到他极大的影响。

“镜花撰写的故事就像用花酿成的酒啊！譬如柔美的野菊、神秘的月见草、艳丽的栀子、凛然的忍冬、香气逼人的桂花……

“一边陶醉于浓烈的花香，一边细细品味晶莹闪亮的透明液体，真会让人脚步不稳、头晕目眩，不知自己身在何处呢！百花交融在舌上，令人忍不住要一口饮尽啊！”

远子学姐脸颊泛红、发出叹息，那个样子看起来真的就像喝醉了。

“《高野圣僧》描写了僧侣遇见住在深山中美女的奇怪体验，《歌行灯》则是以令人屏息的华丽文笔写下藉着艺术结合的良缘和无上幸福的瞬间。就连心叶手上那本《草迷宫》，也是镜花把玄虚之美发挥到淋漓尽致的杰作啊！主角叶越明的台词，可说是镜花作品最具体的描述喔！”

然后远子学姐低垂眼帘，开始歌唱般地吟诵。

“‘似醒似梦、似幻似真……只能心领，不能言传——如此温柔、撩人心绪、感怀神伤、情深款款、爱意满盈、轻细柔和，而且清澈、冷冽、悚然，有如搔攘胸口，令人心神荡漾’……‘举例而言，恰如含食芳香洁净乳汁，于未生之时卧于胎中望见母亲美丽胸脯之心境’……”

远子学姐睁开眼睛，就像刚从另一个世界神游回来似的，眼眶湿润，恍惚失神。

我也被远子学姐的言语和语调所吸引，仿佛到梦幻世界里走了一遭。回过神的时候，我的手心和额头已经渗出汗水。

远子学姐伸出白细的手臂，从堆在桌上的书堆之中取出一本书。

这次她没有翻开封面，只是把整本书展示给我看。

“身为镜花忠实读者的她，在镜花所有作品之中，最喜爱的就是女主角跟自己同名的戏曲《夜叉池》喔。”

这就是日记里提到的，“美得令人赞叹的书”。

那本封面绣上花朵的手制书本因为经历了长久岁月，已经有些泛黑，但却好像在远子学姐的怀中隐约发出光芒。

远子学姐对我说明《夜叉池》的内容。

“在越前的琴弹谷中，住着晃和百合这对夫妻。前年夏天来到琴弹谷的晃，从看守钟楼的老人那里听到了夜叉池的传说。

“据说龙神被封印到池里的时候，答应绝不再次引发洪水。

“为了不让龙神忘记这个约定，人们必须每天敲钟三次。

“只要有一次忘记敲钟，这个约定就会失效，龙神将会得到解放，并且兴起洪水淹没一切。

“老人过世之后，晃为了保护住在村里的百合而留在村中，成为新的钟楼看守人，也成了百合的丈夫。但是后来旱灾不断，村民打算把百合当作祭品，导致了百合的死，晃也因此停止敲钟。结果洪水果真发生，整个村庄都被淹没了。”

“日记里提过白雪这个名字吧？好像是个妖怪？”

“白雪就是被封印在夜叉池里的龙神公主。她很想去见住在另一个池中的情人，但是因为祖先传承下来的约定束缚着她，所以无法离开池子。

“后来她忍无可忍，为了结束这个约定，还打算叫手下的妖怪去破坏钟楼，但是她一听见百合等待着晃而唱的歌声，就打消了这个念头。所以，百合等于是巫女般的存在。”

“这就跟姬仓由梨的情况一样吧。有妖怪，有巫女，还有外地来的男人。”

“是啊……正是因此，‘由梨’才会对这个故事这么有认同感吧。而且她会把《夜叉池》看得这么特别，除此之外还有一个理由。来到这间别墅的学生会跟由梨相恋，是从《夜叉池》刚写成之时——或是说，在由梨拿到这本《夜叉池》的时候就注定好的。”

仿佛时间静止的房中，仅有悲伤而温柔的声音袅袅细诉。

姬仓由梨的形象和远子学姐互相重叠。

“这是什么意思？”

她澄澈的眼神静静凝视着我。远处传来男爵的吠叫，细细的尘埃在射入窗户的微弱光线里飞舞。

“那个学生来到别墅，是为了寻找母亲遗留下来的书——也就是这本书。所以，是镜花写的书把他们两人拉在一起的。”

这也是日记里记载的内容吗？

远子学姐垂下睫毛，接着又望向我，口气严肃地说：“寻找这本书的学生，名字就叫‘秋良’①。”

“！”

与故事相符的奇特巧合令我为之屏息。

住在洋房里的少女由梨。

来访此地的秋良。

现实不该发生这种事。但是发生在此处的，却是名为偶然的必然。

见面必定会相恋的两人，在该相遇的时候相遇了。知道彼此名字的时候，由梨眼中的秋良是何模样？秋良眼中的由梨又会是什么样子？

至少，由梨是一定会爱上秋良的。

憧憬着恋情、憧憬着镜花小说女主角的由梨，眼前出现了拥有“秋良”这个特别名字的青年。想必由梨早在跟他相遇之前，就已经描绘出他的形象了。

“……在镜花的故事中，有很多彼此一见钟情的男女。一瞬间的四眼交会，就能让周围景色霎时迥变，生命的意义也整个转变，是灵魂与灵魂的紧密结合……由梨和秋良也是这样相恋的吧。”

淡然述说的远子学姐，眼中有着深深的忧郁。

是的，这个故事没有圆满结局。秋良舍弃了由梨，让她因此投

---

① “秋良”和“晃”的日文读音都是 akira。

池身亡。

“心叶，他们两人的故事不只跟《夜叉池》相似，也有一部分跟《草迷宫》有关联喔。”

我低头看着手上的书。

“跟这本书有关？”

“是啊。首先是主角的名字，《夜叉池》的萩原‘晃’和《草迷宫》的叶越‘明’，虽然写起来不一样，但是都读作‘akira’喔。

“萩原晃为了遍访各地流传的故事而来到琴弹谷，叶越明则是为了再听一次已过世的母亲唱的童谣，才去了被诅咒的秋谷家，因此遇上种种怪事。”

这跟为了寻找母亲遗留之书而来到别墅的秋良确实有几分相似。

奇怪？

我突然联想到自己来这里以前发生的事。

——这是很重要的事，所以请你务必说得一字不漏。

高见泽先生曾经交代过我的那段台词，该不会就是……

“怎么了？心叶？你的表情好怪。”

我把来这里时发生的事对远子学姐和盘托出，也实际复诵了一次那段台词。

“——我是从东京来的井上心叶，是圣条学园的二年级学生。听说这里有我要找的东西，我想打听一下，请问主人在家吗？”

远子学姐睁大了眼睛。

“这跟秋良来访时说的话一样啊！日记里也写了。

"由梨悄悄躲在树后，听见了秋良对管家说的话！然后她就走出来说'我是这里的主人'啊！"

我感觉心脏像是被冰冷的手捏住。

那句话果然隐藏着特别的涵义……

远子学姐抱着《夜叉池》，激动地来回踱步。

"啊啊，真是的，怎么会有这种事呢？干嘛特地提到来处和学校啊！

"'学生'为了找寻'重要的东西'，从'东京'来到姬仓小姐住的地方——简直'就跟八十年前一模一样'嘛！

"——不，还不只是这样！"

她突然停下脚步，鼓着脸颊，严肃地朝我靠过来。

"还有狗的名字。"

"狗？是说小白吗？"

"不是小白，是男爵啦。当时别墅里也养了一只黑色狼犬当看门狗，那只狗的名字就叫男爵，日记里也提到她帮被男爵咬伤的小白包扎的事。现在养在别墅里的狗同样叫做男爵！你觉得这只是巧合吗？"

"不是。"

我不假思索地回答。八十年前养的看门狗也叫男爵，而且一样是黑色狼犬——这绝不可能只是巧合。

"没错，是麻贵故意营造出八十年前的情况。她设计让心叶说出跟秋良一样的台词，还把狗取名为男爵！"

我浑身冒起鸡皮疙瘩，脑袋渐渐发热。我想起了在门旁和走廊角落脸色发青看着我的那些人。

难怪他们那么害怕！因为传说有幽灵作祟的这间屋子，发生了跟八十年前一样的事啊！

“话虽如此，我又没有对麻贵学姐一见钟情。而且要这样说的话，远子学姐不就变成妖怪‘白雪’了？”

我的头被敲了一记。

“我才不是妖怪啦！”

“可是，既然‘小姐’和‘学生’是麻贵学姐和我，剩下的角色就只有妖怪啦。”

结果我的额头又被弹了一下。

远子学姐一副火冒三丈的模样，满脸通红地颤抖。

“别开玩笑了！”

啊，情况好像不妙。

“你是说我这纯情可爱的‘文学少女’会杀了那些人，把屋子染成一片血海吗？”

“不，那是……”

我畏惧地退后几步。远子学姐一手抱着《夜叉池》，另一只手握拳挥舞。

“竟然说我是妖怪！我才不会吃人，也不会全身淌血、抓着人手从池子爬出来，更不可能纠缠不休地作祟将近八十年！心叶，你真的是那样看我的吗？如同文学少女正字标记的这头乌黑秀发，在心叶眼中是白色的吗？真的是这样吗？”

“哇，把远子学姐当作妖怪的又不是我，是麻贵学姐啦！”

乒乒乓乓不断打在我头上的拳头霎时停止。

“没错，都是那个黑心女不好！可恶可恶可恶，我绝不原谅她！我一定要揭穿麻贵的企图，抓住她的弱点！这样就能把我欠的债一笔勾销，还能反过来尽情使唤她！这是关系文艺社未来的重要战役！”

唉，她又如同惯例地失控了，但我真的不想再被牵扯进任何怪事。

我不禁感到心情黯淡，而“文学少女”还是一把抓住我的衣领，坚决地说：“立刻展开调查吧！快跟上来啊，心叶！”

土产店的老爷爷还记得我们。

“喔喔，是妖怪小姐和学生啊。”

他带着滑稽的笑容，突然这么朝我们打招呼。

“所有人都在谈姬仓家的别墅，现在住了小姐和学生的事呢。另一位好像是小姐的女性朋友，不过大家一直猜测着那是什么人，猜到最后就觉得说不定是妖怪，谈得可热闹了。”

他笑着这样告诉我们，远子学姐理所当然地生气了。

“太过分了！我才不是妖怪！我只是普通的高中女生，如你所见是个‘文学少女’！”

真希望她别在这种地方强调，我在一旁听得脸都红了。

老爷爷再三道歉，然后拿店里卖的竹叶团子和茶水招待我们。

虽然远子学姐应该尝不出味道，但她还是发挥充分的想象力，愉悦地发表了精辟的感想：“啊，真好吃。味道简直就像小林一茶的俳句，竹叶的芳香既清淡又高雅，馅料的味道也不会太甜，口感很温和呢。”

老爷爷告诉了我们村子里关于白雪的一些传闻。

“我到现在还是觉得，说什么妖怪的实在太愚蠢了，其实根本没有人真的看到白雪啊。你们应该也听过传闻了吧？像是小姐跳下的池里爬出浑身是血、‘叼着一只手臂’的妖怪，还有池边站着身穿和服的女人，或是白发女人从别墅里消失之类的事情。跟工地有关的人，家里晚上会有叩叩叩的声音，转头一看就发现窗帘后面有白发女人在偷窥，她说自己叫做白雪……还怨恨地叫着‘秋良、秋良’……”

远子学姐似乎有些害怕，她紧抓着我的衣服下摆。

“姬仓本家在小姐死掉之后，好像也发生了很多不幸的事。别墅里有一座祠庙对吧？看起来像是小姐被埋在下面，但其实那不是埋了尸骨的墓地，只是为了避免鬼魂作祟才弄成那个样子的。”

鱼谷小姐膜拜的就是由梨的墓吗？

“那里在五十年以前动工过好几次，但是每一次白雪都会出现，闹得天翻地覆。尤其是五十年前的那场火灾……”

老爷爷打了一个寒颤。

“别墅突然起火，当时住在屋里的姬仓家当家差点死在里面。最后还是没查出起火的原因，所以大家都说，可能真的是白雪在作祟。”

我想起了那栋房子左右不对称的外观，那应该是火灾之后重新修理损毁之处而造成的吧？既然是五十年前的事，那么差点死掉的当家，应该就是麻贵学姐的祖父或曾祖父。

“最早的事件到现在已经隔了快八十年，大家已经不像以前那么害怕鬼魂作祟了。但是，在屋子里死掉那些人的子孙……还是过得很辛苦喔。”

老爷爷皱起脸庞，稍微压低声音。

“因为这是个小村子，所以在那件事发生之后，他们到哪都会被指指点点说是跟那间鬼屋有关的人，还被大家排挤了。可能是因为这样，所以他们到现在跟其他村民还是会保持距离。虽然不至于互不往来，但是相处起来还是不太自然。”

死者的家人明明是受害者啊……我觉得难以释怀，但是，或许就因为这里是如此封闭的地方，所以“白雪”才会一直存在。

远子学姐问道："我可以去跟那些人的子孙问些事情吗？"

老爷爷听了就大吃一惊。

"就是在你们住的别墅里工作的那些人啊，包括管家、园丁、帮佣妇人、厨师和女仆——全都跟八十年前一样。"

远子学姐睁大眼睛倒吸一口气，我也吓得心脏几乎停止。

麻贵学姐的安排，不只是"小姐""学生""妖怪"和"狗"吗？竟然连佣人配置都跟八十年前一样！而且，他们还全是被害人的子孙？

我的脖子就像淋了冰块一样发冷，冒出鸡皮疙瘩。

麻贵学姐到底想要做什么啊！

远子学姐表情僵硬地问："屋子里有一位叫做纱代的女孩，她也是那些人的子孙吗？"

"喔喔，是啊，那女孩的祖母寻子以前也在姬仓家工作。那孩子在学校一直被人欺负，说她被妖怪附身，她好像就不再上学了。她母亲年纪很大时才生下她，但她还是婴儿的时候母亲就死了，所以她是寻子带大的。在寻子也死了以后，她变得越来越怕生，几乎完全不跟别人说话……"

远子学姐插嘴说："请等一下，纱代的祖母既然在那间屋子工作，'应该在八十年前就死了'，不是吗？"

对耶！佣人不是全都被杀死了吗？

"我听说包括小姐在内，总共有六具尸体啊？"

"呃……有小姐、管家、园丁、帮佣妇、厨师……"老爷爷屈指计算，然后笑着说，"对了，还有一只狗啦，好像是口吐白沫而死的。"

狗？那么剩下的女仆呢？

"寻子在事发当晚刚好回家了，结果隔天回到那里，就发现屋里成了一片血海。"

“纱代的祖母是第一个发现的人吗?”

“是啊。她当时只有八岁,所以真的是被吓坏了。”

老爷爷沉痛地摇摇头。

我一想象呈现在八岁少女眼前的地狱景象,不禁全身发冷。

飞溅在墙壁和地板上的黑褐色血迹。

充满血腥味,被割裂、枪击、刺穿的五具尸体。

少女看到那副光景时会是什么感觉?绝对会受到让精神濒临崩溃的剧烈冲击吧?远子学姐的脸色也发青了。

“但是,最坏的就是丢下小姐离开的那个男人。如果没有那家伙,小姐就不会死了。反正什么巫女或疗养的事都只是借口,其实根本是被赶出来的,所以她能嫁出去也好啊。”

“被赶出来是怎么回事?”

我这么一问,老爷爷好像自觉说错话一样转开了视线。

“啊,因为……在那种时代,会让年轻女孩离开家人住在这种深山里,应该是有不能让她留在家里的理由吧?我是这样猜的啦。”

我们在谈话时,远子学姐把食指点在唇上,默默地沉思。

“……”

走出店外,远子学姐又拉住我的衣服下摆。

“心叶,我们去池子看一看吧。”

她以坚定的视线仰望着我。

我突然想起鱼谷小姐说过“池子很危险”,脑中开始响起警报。

但是,既然都走到这一步,也不能不去了。而且就算我不陪远子学姐去,她也会一个人去。

所以,我只好认命地点头答应。

池子的位置就在别墅附近。

我们闻着浓到呛鼻的土味和草味，拨开草丛向前走，忽觉视野豁然开朗。

在干枯树木和披垂藤蔓的围绕之中，是一潭深沉宁静的水池。

池子比我想象的还大，与其说是水池，其实更像湖泊。对岸是一片山崖，靠近我们的岸边则是长了嫩草的浅滩。

我和远子学姐并肩站着，眺望水面。

“这里就是妖怪的住处吧。”

“不要说成那样啦！”

“由梨就是跳进这个池子吧。”

“也、也别这样说……不要让我想起那件事啦。”

“为什么？”

远子学姐红着脸垂下视线，扭扭捏捏地说：“因为……谈论过世的人会把幽灵引出来啊。当然，这种迷信的说法我是不会相信的啦。”

看她游移不定的眼神还有快哭的表情，就知道她根本是深信不疑。这样真的有办法调查吗？

算了，如果远子学姐能安分一点的话，那就最好了……

阳光倾注于池塘，水面显得闪闪发亮。

附近的树枝上传来鸟儿清脆的鸣叫声，草上有昆虫绕行飞舞。空气凉爽清新，这样悠然的风景令人无法想象会有妖怪出没。

“白雪”真的存在吗？

披着白色长发，浑身是血的女人——她究竟是打哪来的？是什么人？她真的至今还在村中徘徊，呼唤着秋良的名字吗？

由梨在日记里写了她很怕白雪的事。

“远子学姐，你可以告诉我日记的后续吗？秋良来到别墅以后，他们两人怎么了？”

远子学姐依然望着池子，像是叙述着久远的故事一般沉静地说：“由梨对他说，这对她而言是很重要的书，而且上面还有她父亲的题字，因而虽然很抱歉，但还是不能给他。秋良为了说服由梨，就在别墅里住了下来。”

“后来呢？”

“后来两人一起度过了故事般的日子——不，应该说他们就是故事本身……就像《夜叉池》里的晃跟朋友说的话一样……”

说到这里，她又吟诵起《夜叉池》的台词。

“‘你因来到此处，亦成故事中之一人……我则更进一步，即是故事本身。’……就像这样。”

她眼中闪现深情悲切的光芒，温暖的声音读出由梨写在日记上的内容。

仿佛由梨本人的声音，轻柔地娓娓道来。

我初次喜欢上一个人。

不，喜欢还不足以描述，这必定就是爱。

我爱上了秋良。

啊，我几乎不敢相信这种事会发生在自己身上。

过去我憧憬着那些书中故事的世界，而如今我已身在其中。

秋良因为失去母亲而失魂落魄、极其哀伤。他在大学里也遇到不好的事，变得无法信任别人。他对我倾诉想要舍弃一切的心情，还有他的孤寂。

令人哀怜的秋良啊。

但愿我能代替你的母亲来拥抱你。

我无法自已地爱着秋良。

我喜爱他披垂额上的头发。

喜爱他朗读歌德或席勒原文书的低沉嗓音。

喜爱他冷静的单眼皮。

喜爱他细细的眉。

喜爱他薄薄的唇。

最喜爱的就是他像孩子般天真的笑脸。

行向远方！行向远方！啊啊，如果能跟你一起远走高飞该有多好！

我在想事情时，或是感到害羞的时候，都会轻摸耳垂。

“这是你的习惯吗？”

秋良含情脉脉的眼神深深凝视着我，摸着我的耳垂指出这件事，让我羞得脸颊发烫。

希望这个故事能够永远延续。

我会遵守“约定”，

所以，希望我和秋良可以永远在一起。

由梨的话语、心愿，透过远子学姐的声音而苏醒。

远子学姐闭着眼睛，静静微笑。

多么青涩的恋情！多么幸福的恋情！

就像故事一样——仿佛只能在梦中实现，那样美丽、温柔、真挚的恋情。

一阵清风轻轻撩起远子学姐的长辫子，还有纯白的洋装裙摆。阳光穿透树林的缝隙，洒落在远子学姐纤细的身上。

那姿态恬静得就像住进了由梨的魂魄，让人看得心跳加速。我也觉得自己仿佛化身为秋良，看着貌似远子学姐的由梨，心情变得好复杂。

胸口好痛。

——由梨好惹人怜爱。

远子学姐继续述说由梨的心情。

她的脸色渐愈哀凄，眉梢垂下，如沉眠般闭起的眼睛缓缓张开。

“我和秋良去了池边。

“这是我第一次在晚上出门。我总是在白天来到池边，因为我怕夜里白雪会出现。

“但秋良对我说‘不用害怕，有我在’。还一直牵着我的手。

“在月夜的池边，我感觉白雪正悄悄窥视我泛起红晕的脸，心脏好像要停了，虽然觉得恐怖，我却没有放开手，反而握得更紧，秋良还问我怎么了。

“我感到好幸福却又好害怕，回家之后，我抱着小白哭了。”

声音沉寂。

远子学姐抿着嘴唇，眼神悲伤地望着脚边。

“……”

出现在黎明前微弱白光中，不知是梦境还是真实的寂寥表情又浮现在我脑海里。

远子学姐现在的表情，就跟当时一模一样。

放在膝上的旧日记。

红色的抚子。

我的呼吸开始不顺畅，喉咙紧紧收缩。

“……后来，秋良的朋友从东京来接他。好像是教授已经决定推荐他到德国公费留学，所以要他快点回东京。”

远子学姐难过地低头说出的话语，让我全身发冷。

秋良离开了。

由梨选择死亡，白雪进行复仇。

再度沉默片刻之后，远子学姐突然淡淡说道：“心叶，你知道‘镜花水月’这句成语吗？”

“不知道。”

远子学姐望向沉静的水面。

“映在镜中的花朵还有浮在水面的月亮，虽然乍看之下很美，却都无法触摸……这是在譬喻虚幻不实的事物。泉镜花这个笔名，是他的老师尾崎红叶用这句成语替他取的。镜花的故事的确都是美丽而虚幻，就像梦一样……”

由梨和秋良的故事一定也是如此。

绝美如花，清丽似月，随着晨曦消失无踪的梦境、幻影——镜花水月。

我和远子学姐正在谈话的此刻，会不会也只是一场梦境？会不会像幻影一样顿时消散？

看到远子学姐空虚的眼神，让我陷入了不安。在黎明前听到的细语又缭绕在我耳边。

——今后……我还能再待多久呢……

“远子学姐，今天早上我还没醒来时，你对我说了什么吗？”

听到我这突如其来的质问，远子学姐惊吓地抬起头来。

她毫无防备地露出惊讶表情，一下子又变为隐含悲伤的温柔眼神，然后顿时转为笑容。

“那是在做梦喔，心叶。”

就像在光芒之中与缤纷落英一同飞舞的开朗声音。

那笑容和声音让我什么话都说不出来了。

远子学姐稍微弯腰，从旁边直盯着我的脸，眼中流露恶作剧孩子似的神色。

“差不多该回去了吧，我肚子也饿了。回到房间以后，要帮我写一篇甜蜜蜜的点心喔。”

她说完之后，就一脸轻松地往回走。

——那是在做梦喔。

这句话是什么意思？

她在敷衍我吗？还是说，那真的只是做梦？

远子学姐踩着轻盈的脚步。

我也背对池子，跟着她走了。

◇　◇　◇

跟她在一起的时间一直像是温馨的梦境。

在充满夕暮柔和余晖的两人共处小房间里，读着书的她，纤长睫毛和后颈的细发闪耀着金色光芒。

她娴静而心思细腻，虽然容易害羞，却有天真和好强的一面。

有时以为她未经世事、毫无防人之心，又会看见她面红耳赤低头的模样。

还有，那轻轻碰触我的温柔小手。

每当片片回忆涌起，我的心头就会甜蜜地揪紧。

那时我遭遇不少难过的事，变得无法相信别人，无法相信未来。我顽固地避免与他人往来，避免与人争执，也避免向他人表露自己的心情。

我转开视线不看现实，独自龟缩在房里。

而她就像母亲一样拥抱了我，对我说出体贴的话。她陪伴着我，倾听我的心声。

梦迟早会醒，但是跟她在一起的时间太过舒适、太过理所当然了，所以我还以为这个梦会永远延续下去。

但是她的洁癖，她的爱情，却断然结束了这个梦。

行向远方，行向远方——

我已经独自一人走得这么远了。

第三章

白雪乍现

回去之后，屋子里正闹得不可开交。

“小姐这样擅作主张我们会很困扰的，又没有得到主人的许可。”

“在这夏天，这间屋子的主人就是我。好了，别担心，快开始吧。”

“小姐!”

我们在男爵的追赶之下逃进玄关，就看到麻贵学姐跟管家正在争执。帮佣妇人和园丁也一脸为难地站在旁边，还有一大群带着测量仪器、穿着工作服的人，以及身着西装的陌生人在场。

“这、这是在做什么啊?”

远子学姐惊讶地睁大眼睛。

“喔喔，你们回来啦，远子、心叶。”

“到底是要开始做什么?”

“要拆房子当然要预先准备还有估价啊。”

麻贵学姐若无其事地回答，远子学姐听了就焦急地大叫："咦！动工的事不是因为附近居民反对而中止了吗？"

"他们反对的是兴建工厂，可是自己家的房子要如何处置是我的自由吧？让那个不知道是不是真的存在的白雪吓了这么久，实在太愚蠢了。既然如此，干脆就一口气拆了房子来证明没有幽灵作祟。"

"怎么这样……如果真的被作祟了要怎么办啊？"

"哎呀，远子不是不相信幽灵或作祟那些事情吗？"

"呃，是这样说没错啦……"

远子学姐脸色发青，无法辩解。

我忽觉背后有道冷冷的气息，回头一看，原来是鱼谷小姐站在走廊角落瞪着麻贵学姐。

——那是双凝聚了憎恨与焦躁的冰冷眼神。

我背脊发冷，身体僵硬。

多么可怕的眼神。

为什么她会有这种反应？是因为害怕幽灵作祟？还是在责难麻贵学姐触犯了禁忌？

"祖父太胆小了，我要依照自己的做法来处理。没有白雪，也没有幽灵作祟，全都是幻想出来的。如果真的被作祟了，我也会全部承担下来，你们就安心地工作吧。"

她露出沉稳的笑容，毫不畏惧地断言说道。

面对那符合"公主"称号的堂皇口吻和高傲姿态，管家也没办法再说些什么。

"可是，这样实在太鲁莽了。"

远子学姐担心地悄悄说着。

就是说啊，也没先说一声就找来一大票工人，她也太性急了吧，这样不是更容易引起居民的反感吗？

鱼谷小姐还在瞪着麻贵学姐，她抓着围裙的手轻轻地颤抖。

麻贵学姐对身穿西装的中年男性说："啊，你是收购旧书的人吧，全部照你说的价钱买去也没关系。纱代，你带这位先生去书房。"

鱼谷小姐浑身一颤，接着变得满脸通红，脸上混杂着耻辱和愤怒的神色。她颤抖着嘴唇，正要说话的时候，远子学姐就慌张地抢先问道："等一下！你要把书全卖了吗？"

"是啊，留下来也不知道要怎么办。啊，没有收购价值的书能不能麻烦你帮忙丢掉啊？"麻贵学姐对收购旧书的人说。

啊，糟了！

"丢掉"两字让远子学姐怒不可遏。

我仿佛听见"轰"的一声，远子学姐的身上就像有熊熊怒火以冲破天际的声势冒出。

"你在胡说什么！这世上没有一本书是应该丢掉的！"

响彻屋内的咆哮，还有那非同小可的怒火，让即将开始工作的人们都吓得呆在原地。脸色铁青站在旁边的佣人们同时望向远子学姐，鱼谷小姐也吃惊得说不出话。

唉……看来短时间内是无法收尾了，我不禁想要抱头呻吟。

只有麻贵学姐还是一副不以为意的模样。她抽着鼻子，以轻视的态度说："旧书有虫蛀过又有臭味，叫人怎么读啊。反正这些书都有新出版的版本，去读那些不就好了？"

的确如此。管他新书旧书，内容都一样嘛。

但是，对深爱书本的"文学少女"说这种话却行不通，只是在火上加油罢了。

“才不是！旧书不只包含了作者的用心，也蕴含了读者的感情啊！我这‘文学少女’绝对不容许你看不起或是抹煞这种感情！”

不知为何，男爵也在玄关外面“汪汪汪”地狂吠。

远子学姐把旧书收购者推开，张开双手挡在走廊入口。

“我就在这里盯着！这间屋子里的书，我一本都不会让你丢掉！”

因为如此，远子学姐据守在书房里，还做出绝食宣言。

“水和食物和点心我都不吃了！在麻贵痛改前非，打消卖书的念头之前，我一口食物都不吃！只要跟书待在一起，就算饿死我也愿意！”

说什么饿死……远子学姐本来就是靠着吃其他东西生存的，就算不吃饭也没什么大不了吧……

但是，其他人不可能“想象”得到这种事，大家都被远子学姐的盛怒吓得退缩了。

远子学姐坚守书房已经超过十小时。当然，她没有吃午餐和点心，也没有吃晚餐。

我在远子学姐和麻贵学姐之间来来回回跑了好几趟。

“远子学姐，晚餐已经准备好了。”

“我不吃。”

“远子学姐说，在麻贵学姐哭着道歉，发誓说‘远子大人，今后我会把所有的书都看得跟生命一样宝贵！’之前，绝对不吃东西。”

“这样啊。”

“麻贵学姐说：‘快点停止才不会造成无谓的减肥效果，再瘦下去的话，原本就不突出的平胸会缩到整个不见喔。’”

“什么！”

“远子学姐要我转告说：‘看不见绝不代表没有，我是穿了衣服会显得比较瘦的类型。劝你多读些书，多磨炼一下自己的想象力。’”

“真是无意义的抵抗。”

“麻贵学姐说……”

“坏心眼！讨厌！”

“……远子学姐这么说了。”

“哎呀呀。”

我为了帮她们传话，就这么在走廊和楼梯跑上跑下，一边无力地思考着自己到底在干吗。

不管远子学姐再怎么努力，麻贵学姐也不可能改变自己的决定啊。远子学姐只能自己生闷气，而且麻贵学姐还很乐于玩弄这样的远子学姐。

“怎样啊，麻贵说了什么啊？这次她一定被我的话打击得哑口无言吧？”

我回到书房后，远子学姐就跑过来。或许是因为饥饿，她连脚步都站不稳了。

只要吃我送她的书不就好了吗？但她似乎"真的"坚持绝食，真让人无可奈何。她从早餐吃过托马斯·曼的书之后就只吃过竹叶团子，这对贪吃鬼远子学姐来说，想必很难受吧。

我要转告麻贵学姐的传言时有些踌躇。

"怎么了？心叶？"

"……我爱你。"

"！"

远子学姐猛然退后，脸颊到耳根都红起来了。

"你你你你你你……"

"请跟我结婚。"

"心、心叶！"

"我会让你幸福的。"

"！"

她看着我的眼睛，嘴巴一张一合。

我也觉得脸上热得像火在烧。

"麻贵学姐要我这样转告远子学姐。"

"是、是麻贵？"

远子学姐一时变得面红耳赤，但是下一瞬间就像全身脱力似的，软绵绵地倒在长椅上。她像只软体动物，蠕动着往前爬。

"呜呜，我太大意了……现在我的肚子更饿啦……"

她趴在椅子上扭动，好像连抬头的力气都没了。

唉，麻贵学姐的功力果然还是遥遥领先，远子学姐根本敌不过她。

"远子学姐，你还是吃些东西吧，要不要我帮你写篇文章？"

"呜……不行，我都说过在麻贵放弃卖书之前要绝食了。"

"只要不吃饭就好了啊，你偷偷吃纸又不会被发现。"

"这样太狡猾了。"

远子学姐坚持地说，她在这种时候真的是顽固到了极点。

"心叶……你帮我带话给麻贵……"

"还来啊！"我厌烦地叫着。

瘫软的远子学姐猛然抬头，像只吃不到饲料的黄金鼠般鼓着脸颊，嘴巴抿成一条线说："我就算死也不要嫁给这么轻视书本的人！"

麻贵学姐坐在铺皮革的椅子上咯咯笑着。

"哎呀，我被甩掉了呢。"

"拜托饶了我吧，传言服务到此为止。"

"真可惜，我还在思考能让远子昏倒的热烈情话呢。"

"要叫我去说那种话吗？麻贵学姐的兴趣也太恶劣了。"

光是想到刚才的"求婚"台词，我的脸就几乎热得冒火。

"远子学姐的想法是很单纯的，看来她真的会绝食到倒下为止。能不能先暂停拆房子的工程呢？至少不要在暑假里动工。反正在那之后，麻贵学姐要怎么做都无所谓啊。"

"你还满奸诈的嘛。"

"我才不想被麻贵学姐这样说。"

麻贵学姐把八十年前的被害者子孙聚集在此，又要高见泽先生把我带来，还说了那些引起混乱的发言，到底是有什么企图啊？

但即使我问了，她大概也不会透露半点口风，而我也不想主动招惹更多麻烦。

麻贵学姐露出刀剑般锐利的笑容。

“可是呢,心叶,‘等到夏天结束再做的话就太迟了’唷。如果不现在做,就没有意义了。”

朝向阳台的窗户被风吹得喀喀震动。

冷气机吐出的凉爽空气霎时变成寒气。

麻贵学姐很快地变回亲切开朗的表情。

“就因为这样,所以请你劝远子多少吃点东西。你应该很习惯应付远子了吧?一切都拜托你啰。”

她也太会打如意算盘了。

我无奈叹气之后离开房间。

如果我真的应付得了远子学姐,就不会每次都搞得那么辛苦了。

好啦,现在该怎么做呢?我一边思索,一边走向饿肚子的文学少女所在的书房。

途中,我碰到了鱼谷小姐。

鱼谷小姐捧着一个装满饭团、腌渍物和味噌汤的托盘,满脸不高兴地塞给我。

“鱼谷小姐?”

“……这是给远子小姐的。”

她鼓着脸颊吐出这句话后就转过头去。

“啊,谢谢你。”

我愕然地接下托盘并且道谢,鱼谷小姐稍微望了我一眼,然后转身背对我。

“餐具在用完后请拿回厨房。”

她不悦地说完,就快步离开了。

虽然她乍看有点刻薄，但或许是个温柔的女孩呢。

——她掉头离去的模样，的确很像琴吹同学。

我打开房门，看见远子学姐还趴在长椅上。

“呜……心叶，那是什么？”

远子学姐似乎饿得头昏眼花，连视线都模糊不清了。她哭丧着脸看着我的手。

“这是宵夜。”

“你想一个人吃吗？明明都吃过晚餐了，真卑鄙，真过分，简直是恶魔。”

“不是啦，这是远子学姐的。”

我把托盘放在桌上。

“鱼谷小姐很担心你，所以特地拿来的。”

“是吗？”

远子学姐摸了摸托盘，眼睛直盯着饭团。

“……我果然很有人望。”

我听得差点跌倒。

远子学姐似乎因为鱼谷小姐送饭团慰劳她的事而感动不已。

“既然如此就不算是‘进食’了，请你为了鱼谷小姐把这些解决掉吧。”

“嗯……我会的。”

她有气无力地拿起没有味道的饭团，一点一点吃了起来。

“人情的味道……尝起来又咸又甜呢。”

我也坐在远子学姐身边，开始在笔记本上写字。

“……你在写什么啊？”

“只是打发时间。”

当她把托盘上的食物扫空时，我已经写完两页左右的平淡故事。

母亲在黄昏时分去接孩子。

是如此简单的一个故事。

我把笔记本拿给一脸惊讶的远子学姐。

“你要读读看吗？只是读的话也不算吃东西吧。”

“……嗯，好的。”

远子学姐双手接过笔记本，慢慢地阅读。

一开始她好像有点迷惘，但是表情渐渐缓和，眯细的眼睛散发出柔和的光辉。

全部看完之后，她喃喃地说：“是个好故事呢，遣词用字……都很美。”

“题目是‘蜻蜓’‘夕暮’和‘迎接’。”

说完之后，我就从远子学姐手上拿回笔记本，把两张内页一起撕下。

接着我把纸张撕碎，像花瓣一样洒在远子学姐的膝上。

远子学姐的眼睛睁得浑圆。

“心叶……”

“这已经不能给别人读了，如果你不吃就白费了。”

我面无表情地说完，远子学姐脸上微红，直盯着我瞧。

拜托别那样看我，害我的胸口都躁动起来了。

“谢谢。”

远子学姐微笑说道。

她细细的手指捏起我撕碎的纸片，送入口中。平时她都会边吃边批评，今天却好像格外用心品味，开心地默默吃着。

看到她这模样，我的心脏鼓动得更剧烈，实在静不下来。所以我转向旁边，拿起那本封面绣了花的《夜叉池》。

——赠予吾女。

我翻开写了这句话的封面，坐在椅子上离远子学姐较远的地方，假装正在看书。

其实，我一个字都读不进去。

这行云流水般的字体虽然漂亮，可是很不好读，而且我也看不习惯旧假名，所以有看没有懂。

"谢谢招待。"远子学姐满足地说。

我依然读着那本手工书。

此时远子学姐贴到我身边，跟着我一起看。

一股堇花香气扑鼻而来，我的心脏都快跳出喉咙了。

"好像没多少进展嘛。"

"因、因为很难读嘛，故事的大纲我也不太清楚。"

"可是，《夜叉池》在镜花的作品里面算是比较好读的了。《草迷宫》的故事之中还有其他故事，有时也很难弄清楚哪句话是谁说的。不过这种摸不着边际的感觉就像在迷宫里绕圈一样，会令人深陷其中呢。

"镜花的作品不能用理智去读，而是要委身文字随之浮沉。不需要躁动挣扎，只要放任自己逐渐下沉……

"不要用头脑思考，要用心去感受喔。

"如果这样你还是不懂的话，嗯……或许开口朗读会比较好喔。"

远子学姐似乎想到了有趣的点子，脸上浮现光彩。

“我们来扮演里面的角色，一起读读看吧！戏曲如果读出声音，一定会更有味道的！”

“咦咦！”

我虽然想拒绝，但是填饱肚子恢复精神的远子学姐根本就听不进去。

“我是女生所以饰演百合，心叶就饰演晃吧！白雪也让心叶来演。”

“白雪是女的吧？”

“不要计较这种小事啦。白雪的手下和奶妈就由我负责吧，啊，晃的朋友和村民也交给心叶啰。”

“我负责的部分是不是比较多啊？”

“我在半途会看情况帮忙的啦。好了，要上场啰。开始！”

我还在犹豫，远子学姐就用手肘顶了我的胸口。

真是的，为什么我要做这种事啊？

我就像在上课时被叫起来念课文一样，语气死板地读起晃的台词。

“水真是美，何时观赏都这么美。”

“是啊。”

饰演百合的远子学姐温柔地回答。

“真是漂亮的河水。”

“但是，那是白的呢。”

如同书上附注的“百合手抚白色假发”，远子学姐也伸手摸摸头发。女孩子都喜欢扮家家酒或是洋娃娃之类的扮演游戏吗……

夫妇温馨的对谈又继续下去。

“百合如此姿态，比起迟开的菖蒲投影在水面更加美丽。”

“奴家不知此事。”

“我的称赞是否会激怒何人?”

“夫君戏弄奴家了。”

啊啊,这种对话真是丢脸到家,就算明知是演戏也很丢脸。

而且远子学姐似乎演得异常投入……她就靠在我身边读台词,所以呼气不时吹到我耳边,辫子有时还会轻轻搔着我的手背。

真希望快点结束,但是故事才演到序章,接下来是百合独自一人时,晃的朋友学圆偶然经过,提起了失踪的友人。

不希望晃离开的百合想把学圆赶走,但是这时晃刚好回来。

因为百合非常不安,晃就安慰她“我不会回去的”。学圆见他二人如此,也不禁感到为难。

“她是担心我的背后被你一拍,就会从美梦惊醒,回去东京。”

“不,萩原,仅是见到我,这个梦就该醒了……若是美梦,的确叫人不想醒来……”

“从这里开始都是晃和学圆的对话了。”

“好,那我就来演学圆吧。”

大概是晃和百合的对手戏已经结束之故,我读起台词也比较不害羞。

还不只是如此。在堆满书本的这间书房里和远子学姐靠在一块儿,看着同一本书,一起读着台词,我几乎要感到心旷神怡了。

“演戏真好玩,说不定会上瘾呢。”听到远子学姐的喃喃自语,我差点就忍不住脱口附和。

"如你所知……我为探访各地故事而行至北国。而我自己……我就成了故事的一部分。"

言语拓展了想象空间。

恍惚之间,我俩仿佛坐在形如长椅的小船上,在水面飘飘荡荡。

周围是一壁湖水。

月光将水面染为银色,香气宜人的白花漂流而过。

我渐渐被拉进脱离现实的虚缈幻想。

远子学姐编织出华美语句,我也以语句响应。

诱人走进梦幻之中,如同花月般的魔法语句。

白雪终于登场,她述说着自己如何思念住在剑峰之池的情人,想要见他。

但是,只要村民遵守诺言,每天敲钟三次,白雪就无法摆脱封印,也不能离开池子。

既然如此,就把大钟毁掉吧!

"姥姥,我思量再三还是想去,非去剑峰不可。大钟若毁盟约亦逝……来人,去拿下大钟,击为粉尘!"

"人命与我何干!若为爱情,我此身尽灭也在所不惜!"

我读着白雪的台词,越来越深陷在她的热情和焦躁里,头脑像麻痹一般渐渐发热。

多么痴狂的龙神公主——

“我岂能为生命放弃恋情！退下、退下！”

“即使粉身碎骨、肢体断裂，令所爱之人染血，炽烈燃烧的魂魄化为幽暗萤火，我也要飞往剑峰！”

如闪电劈开暴风般的呼喊，让我想起那位已经不在人世的少女。

——雨宫萤。

那位赌上性命贯彻恋情，强悍又虚幻的少女。

她的恋情得不到任何祝福，是惟有毁灭一途的痴恋。她用全部的灵魂去爱着无法结合的人。

当她攀着深爱之人，流泪喃喃叫唤“爸爸……”之时露出的微笑，我一辈子都不会忘记。

那是像暴风一样席卷一切、破坏一切的悲苦恋情。

同时，那位凶悍狂暴的龙神公主也叠上了麻贵学姐的形象。

人类的生命将会如何，跟我有何干系！如此傲然断言的模样……

——我要依照自己的做法来处理。没有白雪，也没有幽灵作祟，全都是幻想出来的。如果真的被作祟了，我也会全部承担下来。

雨宫同学和麻贵学姐。

外貌和性格全然相反的两人，却像硬币的正反两面，感觉就像是一体的。

或许是因为她们两人内在的激狂很相似吧。

麻贵学姐大概也跟雨宫同学一样，若是为了实现心底的期望，就算浴身火雨也无动于衷。

残杀屋内佣人的“白雪”，也是这样的个性吗？

被封印在阴暗的池底的她，也在悔恨焦躁之中涌起了疯狂的情绪吗？

如同《夜叉池》的白雪引来洪水淹没村庄一样——姬仓由梨畏惧的“白雪”也把屋内染成了一片血海。

《夜叉池》的白雪听见百合等待晃回家时唱的摇篮曲，心情因此平静下来，并且为了百合决定要遵守跟人类之间的约定。

但是……

“这对夫妻真是令人又羡又妒。姥姥，我会学她那样静静等待。”

“我也抱着布娃娃来唱歌……”

我念着台词时忍不住想象，如果白雪没有听见百合的歌声，真的不顾一切去破坏大钟的话该怎么办？当我正为此感到恐惧的时候……

二楼传来玻璃破裂的声音。

“——！”

我和远子学姐都吓得跳了起来。

“刚才那是怎么回事?”

“应该是二楼吧。”

“难道是麻贵的房间?”

远子学姐表情严峻地站起,从房里冲出去,我也慌张地跟在后面。

现在的时间大约是凌晨两点,我们依次打开走廊电灯,然后跑上楼梯。

我们赶到麻贵学姐房间的途中,赫然发现走廊上滴了一摊一摊鲜红的液体,远子学姐吓得脸色更绿了。

“呀!这是血吗?”

她像是要抑制恐惧,用力地甩甩头,然后打开麻贵学姐的房门。

“麻贵,我进来了喔!”

下一瞬间远子学姐就倒吸一口气,惊愕地伫立在门口。

从她身边探头张望的我,也惊得浑身僵硬。

面对阳台的窗户破得惨不忍睹,细小的碎片洒满了地板和桌面。

麻贵学姐拿着一张皱巴巴的纸,正专注地低头看着。

“发生什么事了?麻贵!”

“哎呀,你们来了啊。”麻贵学姐看看我们。

“我们只是刚好经过而已啦。”

远子学姐一边不甘愿地否认,一边走进房内,但当她看见麻贵学姐手上的东西,声音立刻拔尖。

“这、这这这这这、这是什么!”

麻贵学姐把纸张拿给我们看。

那是写书法用的宣纸，整张皱巴巴的，上半部还有一道笔直裂痕。

纸上用红字写了一句话。

——别忘了约定。

我的背上爬过一阵寒意。

这显然是个警告——但是，是谁？为了什么？

麻贵学姐指着桌上一颗拳头大的石头说："这是包在那东西上面的。我本来正要睡觉，那东西突然丢进来。三更半夜的，真会给人找麻烦。"

"你、你怎么说得这么轻松啊！这一大颗石头如果打到人不是很危险吗？幸亏你跟窗子离得远才没事，搞不好会受重伤耶！而且还是这么……这么……像鲜血的红字……"

一边说一边颤抖的远子学姐朝窗户看了一眼就僵住了。

破裂的窗户爬着飞蛾。

周围还纷纷散落了细小的红色水珠。

水珠像血红的纤维般细细地攀在玻璃上，还不停滴落。

我的后颈瞬间冒出鸡皮疙瘩。

白色的蛾。

冉冉延伸的几道红线。

线条爬到破裂之处，再次化为水珠，滴滴答答地落到房间里。

我的喉咙仿佛被冰冷的手掌掐住，连叫都叫不出声音。

我们几人都一脸僵硬地盯着窗户。外面吹进来的温暖空气和冷气机吹出的冷空气互相混合，还散发出一股腐坏的鱼腥味。

“呀……怎、怎么了？”

远子学姐好不容易挤出声音说，纤细的双腿抖个不停。

麻贵学姐勇敢地走向窗边。

“危险啊，麻贵！”

她不顾远子学姐制止，打开窗户走出阳台。

白色飞蛾一拥而上。

“麻贵，快回来啊！”

远子学姐大叫。

“别担心。”

麻贵学姐抬头仰望的瞬间，事情就发生了。

大量的鲜红液体倾注在她头上。

伴随着泼喘水声，红色的奔流顿时吞噬了麻贵学姐整个人。

“麻贵！”

“麻贵学姐！”

我和远子学姐冲往窗边，立刻闻到一股刺鼻的酸味，就像腐坏的起司，或是刚剖开鱼肚取出的内脏，散发出强烈的腥味。

我们不由自主地停下脚步，伸手掩鼻，麻贵学姐朝我们慢慢抬起头来。

“！”

高挂空中的苍月照亮了她的凄惨模样。

一头波浪卷的长发全都贴在脸上，还不停滴落带有腥臭味的红色液体。

她的丝质衬衫和宽松长裤也被泼得湿透了，胸部、腰身、大腿的曲线都从半透明的布料之中淫靡浮现。

而且那些液体里好像还混杂了鱼的内脏、鳞片、眼球之类的东西，秽物披在她的头顶和肩膀，发出令人作呕的可怕臭味。

后来才赶到的管家等人，在门外“哇”地大叫一声，飞也似的逃走了。

他们一定是把麻贵学姐当作浑身是血、从池底爬出来的妖怪了吧。

我和远子学姐依然用手遮着脸，动弹不得地凝视着麻贵学姐。

麻贵学姐伸手拨开贴在脸上的头发。

当她露出右半边脸的时候，我们更觉惊恐。

麻贵学姐不知为何而笑。

她嘴角扬起，眼睛炯炯有神。在月光之下浑身染血、散发腐臭，她却露出满脸的欣喜之情。

在她脸上看不见丝毫胆怯或愤怒，只有近乎邪恶的喜悦鲜明地跃然其上。

我的背脊打起寒颤，全身汗毛直竖。

现在，我们该不会看着人类以外的东西吧？

她微笑的嘴唇，字字清晰地说：“白雪终于现身了。”

简直就像等待多时的仇人终于来临一般，那是极为欢迎的口吻。

她又拨开另外半边脸上的头发，结果一块鱼内脏飞了出去，沾在远子学姐的额头上。

远子学姐没有发出尖叫。

就这样静静地昏厥了。

◇ ◇ ◇

我是在何时察觉到了破绽?

她如此思虑周密地编造故事,隐瞒事实,所以我一直没有发现。

但是,在那堆满书本的小小房间里,她已经给了我种种提示。

譬如说,她突然陷入沉默。

譬如说,她哀伤地垂下眼帘。

譬如说,她双颊泛红地退开身体。

还有她生气地叫我不要靠近。

那些难以理解的言行,全都隐含了某种意义。

有一天,她突然变得焦躁不安,难以平静,还若有似无地回避着我。

虽然那只是两三天之内的事。

后来她因为感冒而卧病在床,我再次见到她的时候,她已经恢复了原有的开朗笑容,握住我的手。

所以,我很快就把那些事情忘了……

第四章

公主的理由

隔天,我因为头部受到撞击而惊醒。

踢我的是远子学姐。我转头一看,赫然发现她的脚趾靠在枕头上。我正要起身的时候,脸上又被她踢了好几脚。

“讨厌,讨厌,有鱼妖啊——”

她可能是在梦里被半鱼人追赶,两脚就像溺水一样不停挣扎。每当她移动时,脚跟或脚趾就会敲在我的鼻子和额头上。

“好痛! 痛痛痛痛!”

连续遭受五次攻击之后,我好不容易抓住远子学姐的脚,才爬得起来。

远子学姐披着辫子,穿着洋装式的睡袍,像是抓着救命索一样紧紧抱着枕头,脸上露出苦闷的表情。黎明时我才帮她把毛毯好好地盖到肩上,没多久又被她扯到腰部以下,后来还整条掀开,下半身都没盖到。

我忍不住叹息。

昨天远子学姐一被鱼内脏喷到脸就倒在我身上，我急忙抱住她，发现她已经失去意识。

如果就这样乖乖昏倒也还好，但是她不到十分钟就醒过来，还一直害怕白雪会不会突然出现。

“心、心叶，你一个人的话会怕吧？没关系，我我我我就在这里看着你，不会让任何妖魔鬼怪进来的！”

她把披在身上的毛毯拉至头顶，整个人缩在床尾。

因为才刚发生了那种事，我也不想再揶揄她哭丧着脸发抖的模样，只说了一句“被人看着反而更不舒服，你还是早点睡吧”，就关上电灯。

远子学姐在我脚边一边喃喃抱怨“不用说成这样吧”，一边不干不脆地躺下，没多久就发出沉眠的呼吸声了。她或许是因为前一天熬夜，所以才会累成这样。

我也很快就睡着。

但是，远子学姐的睡相实在太差了。

不知道是因为作噩梦，还是平时就是如此，她频繁地辗转反侧，时而踢开毛毯，甚至会踢到我的脸和脖子。

我每一次被远子学姐吵醒，都会苦着一张脸帮她重新盖好毛毯。

拜她所赐，我几乎整晚都没睡好。

看着她的睡脸，我不禁怒从心上起，捏了她的鼻子。

“唔——唔——唔——”

她两边眉头越来越朝眉心靠拢，双手双脚都开始挣扎，好像随时都会窒息。

我赶紧把手放开。

"……真是的，拜托你多少有些警觉好吗？"

有时就连妖怪也比不上人类男性来得危险啊。

不知道是第几次了——我又帮她把毛毯拉回肩上，然后换上便服走出房间。

我到了一楼的客厅，麻贵学姐正在优雅地吃早餐(不，应该算是午餐吧?)。

"早安，心叶。昨天还真是不得了呢。"

看她说得一副事不关己的模样，我不由得哑然无语。

有威胁信丢进自己房间，还被掺入鱼内脏的水泼了一身，竟然还能这么若无其事，她的神经还真不是普通的坚韧。

麻贵学姐悠然地吃着牛角面包、南瓜冷汤、火腿沙拉，配上优格和红茶。

我反而一点食欲都没有，意兴阑珊地用汤匙小口小口吃。

"远子还在睡吗？"

"……大概吧。"

"你没把她叫醒，一起在房间里睡了吧？"

"……"

"她的睡相可爱得让你看呆了吧？"

麻贵学姐眯着眼睛，投来意味深远的视线。就这样让她调侃下去可不是我所乐见的，所以我反过来问她："……昨天那件事已经报警了吗？"

麻贵学姐嫣然一笑。

"你忘了我是为什么而来的吗？我可是专程来证明没有幽灵作祟。如果又传出白雪出现的流言，不就失去意义了吗？"

“我认为只要警察抓到犯人，就什么都解决了。”

“心叶觉得犯人是人类啊？”

“照理来说应该是吧。混入鱼血的污水是从上方泼下来的，所以犯人当时可能就在屋顶。就算不是妖怪，也有办法从那里泼水下来吧。”

“唔……那威胁信呢？从屋顶上不容易丢进来吧？所以说妖怪不只有一只，而是两只啰？”

“不是妖怪，是人类。只要用绳子把包住石头的纸绑在棍子上，站在屋顶用钟摆运动的方式丢进来的话，就没必要跑上跑下了，即使只有一人也办得到。那张纸上也有像是绳子绑过而造成的裂痕吧。”

麻贵学姐露出妖艳的笑容，很感兴趣地听我分析。

“你看得还真仔细，连远子都以为白雪出现而吓昏了呢。”

其实我还很在意另一件事，就是我们要去麻贵学姐房间的时候，在走廊上看到的红色液体……如果那是犯人要去屋顶时不小心留下的……这样说来，犯人并不是从外部入侵，而是原本就在屋内。

想到这里，我的背都毛起来了，感觉很不舒服。

“总之犯人是人类，还是交给警察比较好吧。”

“不行，不可以报警。”

麻贵学姐断然回答。

“为什么？麻贵学姐也很清楚白雪是人类吧？你就是为了引她出现，才会叫来拆房子的工人，还把自己当做诱饵，不是吗？”

既然如此更应该请警察协助啊，麻贵学姐不肯报警，难道还有其他理由？

屋内的佣人配置都跟八十年前一样，这件事也让我百思不解。她到底打算做什么？

麻贵学姐的脸上又出现笑容。

“是啊，或许白雪真的是人类。但是，‘施加在这屋里的诅咒从八十年前延续至今，从未消失’。”

看到麻贵学姐嘴角上扬的诡异表情，我又想起昨晚她浑身是血站在阳台上微笑的模样，不禁冒起鸡皮疙瘩。

我一边感到喉咙发干，一边问道：“丢进来的纸上写着‘别忘了约定’……所谓的约定到底是什么事？”

难道就是指诅咒？

但是麻贵学姐突然露出冷冷的眼神，语气尖锐地回答：“不知道。”

客厅里一片寂静。

在我快被沉重和冰冷的气氛压垮时，麻贵学姐又变回一张亲切的表情站起来。

“我吃饱了。好啦，我要出去一下。”

“咦，一个人吗？”

“拆房子的动工日期不能不快点决定啊。”

麻贵学姐说完就要离开，我慌忙追上去。

“今天就先待在家里吧。才刚收到那种威胁信就自己一个人出去，不知道还会发生什么事，我看还是别这样刺激犯人比较好。”

“你在担心我啊？”

麻贵学姐嗤嗤一笑，头也不回地出了玄关，往大门走去。

男爵冲了出来，好像不让人出去似的汪汪大叫，可是麻贵学姐一斥责“走开，男爵”，它就软弱地低鸣，还垂头丧气地退开。

这跟对我的态度完全不同嘛！

在我感到愕然和挫败时，麻贵学姐仍然快步往外走。

“请等一下，至少找个人一起……”

我还没说完，麻贵学姐就转头看我，露出魅惑的眼神。

“那么，就请心叶当我的护花使者吧。”

事情怎么会变成这样啊……我明明一点都不想惹麻烦。

跟麻贵学姐一起走在满是土产店的街上时，我实在很想大声吼叫。

“等一下！为什么要勾着手啊！大家都在看啦！”

“哎呀，你就大大方方地给人家看嘛，这样不是很愉快吗？”

麻贵学姐丰腴的嘴唇挑衅似的上扬。

光是这么高挑的美女已经足以吸引众人目光了，再配上强调腰身的低腰白色长裤，与裸露大片背部的橘色无袖上衣，就变得更加抢眼。她穿了高跟鞋而比我还高十公分，简直就像舞台上沐浴在聚光灯中的模特儿，所有跟她擦身而过的人都会回头张望。

穿上棉质洋装的远子学姐拥有避暑胜地千金小姐的气质，所以能自然融入这悠然的景色，但麻贵学姐却完全被凸显出来了。

我恨不得能早点回去，不过麻贵学姐却开心地拉着我的手臂不放。

“一点都不愉快，请你放开我。”

“你不是常常跟远子牵手吗？”

“那才不是牵手，而是被揪着吧！”

“这么大声更容易引人注目喔。大家会说姬仓家的小姐跟她的学生情人分手了，或是说学生大吼大叫地甩了小姐喔。”

"……"

麻贵学姐看到我无言以对的模样，畅快地笑了。

"远子差不多也该醒了。她一定在生气，还会可爱地鼓着脸颊，吵着'心叶竟然丢下我，自己跟麻贵出去约会！'"

"我哪里是去约会了！"

"不是吗？我可是这样打算的唷。"

麻贵学姐揶揄似的说着，手臂缠得越来越紧，丰满的胸部几乎贴上我的手肘。我非常清楚她跟远子学姐不一样，所以更不知所措。

简直比应付远子学姐还要累上十倍。

到达她委托拆除工程的公司事务所时，我在心理压力和酷暑的推波助澜之下，几乎站不稳。

我喝着对方端出来的麦茶，像狗一样乖乖地坐在沙发上。

麻贵学姐跟负责人谈起动工的事。

"这样您觉得如何？"

"是还不错，其他方案也让我看看吧。"

"可能要多花一点时间……"

"没关系。"

奇怪？昨天听她说得好像立刻就要动工似的，今天感觉却很悠闲……她不是说等到暑假结束就太晚了吗？

难道麻贵学姐的目的不是开发山地？

她说要来谈正事，但是从头到尾几乎都在聊天，譬如村里发生了哪些事，有哪些名产，哪里的荞麦面比较好吃，姬仓家当家也对那里的荞麦面赞不绝口，当家有这么能干的继承人也一定很安心吧……都是诸如此类的内容。

当对方说到继承人如何如何的话题时，原本一直亲切应对的麻贵学姐却稍微浮现了苦笑。

虽然只是一瞬间的事，但因为是难得见到的表情，我心里还是对此留下了强烈的印象。

我们跑了几间跟工程有关的公司，又去吃荞麦面，回家时已经是黄昏了。

回别墅的小路就像通往幻想国度似的，染上淡淡金光。

“麻贵学姐的祖父就是学园的理事长吧。”

我在开学典礼上曾经看过他。那是一位很适合穿和服，身材挺拔、表情威严的老人，只有半边脸上戴着显微镜般的镜片。

“是啊，姬仓光国——姬仓一族的当家，是个重视姬仓久远家系胜过一切，顽固阴险又自私的老头。”

不管怎样那都是她的祖父，她也说得也太难听了吧？

麻贵学姐的开朗语气之中好像潜伏着某种阴暗的感情，更让我感到不安。

“祖父对我们整个家族来说，是跟神明一样不可动摇的存在。无论是谁都不敢违抗祖父，就连发表意见都不被允许。我父亲也对祖父言听计从，而我虽然不甘心，但只要被祖父一瞪还是会怕得发抖。”

黄昏的光芒在麻贵学姐的侧脸上映出阴影。

我或许该保持沉默，毕竟我本来就不喜欢干涉别人的事，更何况是麻贵学姐的家务事。

但是，话语却自动从我口中跳出。

“麻贵学姐，你会来到这里，是为了得到祖父的肯定吗？”

那张像雕刻一样立体的脸庞俯视着我。垂在肩下的长发在阳光之下呈现金色，嘴唇再度浮现苦笑。

“只是打发时间罢了，总比去尼斯好。”

麻贵学姐抬起头来。

她就像在盯着什么一样，眼睛直视前方。

“而且，不管祖父认同与否，我都是姬仓家的一员。”

她的声音显得严峻。

麻贵学姐稍微加快脚步。

“我母亲有一半外国血统的事让祖父很不满，所以母亲怀我的时候，他也坚称那一定不是我父亲的孩子，准备等我一生下来就立刻做 DNA 亲子鉴定。

“可是，刚出生的孩子身上已经有姬仓血统的证据了。”

她双手撩起波浪卷的长发。

在她裸露背部之上的细致后颈，有一块像是花瓣或鳞片的青色胎记。

那性感的模样令我忍不住看得屏息。

“就是这个。”

在夕暮余晖中，金光闪闪的秀发如瀑布一般从她手中倾泄而下。

“姬仓家世世代代都会出现拥有这个‘龙鳞’的人，姬仓第一代的巫女额头上好像也有这个胎记，连祖父身上也有一模一样的胎记。”

麻贵学姐的手像是要挥开一切，往后一拨，发丝瞬间如水花般飞到空中，又纷纷落在背后。

她转过头来，好强地露出微笑。

“所以呀，用不着鉴定他也非得承认不可。后来他就费尽心血，把我教育成合乎姬仓家身份的人，还准备了名门公子给我当结婚对象。”

那个微笑表示着她不需要同情或安慰，甚至是高傲地拒绝那些东西。

家系、血统、束缚……

麻贵学姐住在一个跟我们相隔甚远的世界。

无关她本人的意志，打从出生开始就无从选择……

在学园里，麻贵学姐以情报灵通广为人知，还被称为拥有绝对权力的“公主”，好像没有实现不了的愿望。

但是，或许她并不想要这种生活。

麻贵学姐虽然担任管弦乐社的社长和指挥，但她平时不怎么积极参与社团活动，多半独自待在音乐厅最顶楼的画室里作画。

她以前曾笑着说过，其实她想要加入美术社，可是被祖父命令要加入管弦乐社。

音乐厅里的画室就是她获得的代价。

只有在那里可以自由地作画。

玻璃似的透明痛感刺入了我充满不安的心。

麻贵学姐的表情冷漠而僵硬。

“如果我早一百年出生的话，应该会像姬仓由梨一样，变成名为巫女的罪人，被关在深山里的别墅吧。”

此言一出，我感觉空气似乎发出“劈哩”的声音冻结了。

名为巫女的罪人……

这是什么意思？

这么一说我也想起来了，土产店的老爷爷也说过让我很在意的话——反正什么巫女或疗养的事都只是藉口，其实根本是被赶出来的……

姬仓由梨有什么理由不能待在家人身边?

空气逐渐转凉,下沉夕阳的周围红得像染了血。麻贵学姐的表情也与之呼应,蕴含着一种魔性,好像渐渐变成某种非人的生物。

她艳红的舌头轻舔唇角。

“不,与其说我是由梨,其实更像是白雪吧。我一定也会像她那样,一解开可恨的封印就因自由而高兴得颤抖,然后把整间屋子染成血海,狠狠地报复束缚我的人们。一想到这里,我就兴奋得不得了啊!”

她微笑的唇和声调之中充斥着黑暗的情感。

丰润的嘴唇上扬,眼中除了冰冷和残酷,还带有恶魔般的愉悦。

简直就像白雪附身一样,这个“想象”使我全身发冷。

我故作镇定地说:“我昨晚读了泉镜花的《夜叉池》,就是秋良母亲留下的那本……书里的白雪虽是妖怪,却会因为想见情人而暴跳如雷,还为了百合决定乖乖待在池里,跟人类一样拥有可爱的性格。我想,如果村民不选百合当牺牲品,白雪就不会是妖怪,而是以村庄守护神的姿态持续遵守约定吧。”

我像远子学姐一样热切地说着。

麻贵学姐脸上的魔性渐渐消失,转变成寂寞的表情。

“……我也读过《夜叉池》。”

她朝着火红的夕阳慢慢走去,一边说道:“虽然我可以理解白雪被关在池底的焦躁心情,却没办法像她那样为了恋爱不顾一切,即使粉身碎骨、肢体断裂、魂魄化为幽暗萤火也要去见心爱的男人……

“我没有办法像白雪那样……‘像萤那样’,尽情去爱。”

听到麻贵学姐口中说出雨宫同学的名字,让我大吃一惊。

啊啊，麻贵学姐也跟我一样，在倾心爱恋的白雪身上看见了雨宫同学的影子……

也难怪她会这样想。

因为从我们送她离开到现在，也才过了一个月而已。

葬礼在雨中的教堂举行。

我和远子学姐都没有流泪，但是听着打在伞上的雨声，我们还是感到遏止不了的心痛。那时我才体会到，世上的确有连泪水都流不出来的哀伤。

麻贵学姐也没哭，至少在我们面前没有。

但我光是想象就能明白，比我们更熟悉雨宫同学的麻贵学姐，心中的哀伤一定也多过我们。

不过，麻贵学姐绝对不会把这种事说出口。

麻贵学姐自言自语地说："我听说啊……由梨跳下的那个池子一到夏天就会聚集很多萤火虫，所以我就在半夜跑去看。

"不是人工的萤火虫……我想看的是真正的萤火虫。

"但是，不管我等再久，还是没看见一只萤火虫。

"我后来才知道，萤火虫只有六月到七月会出现在那里的池塘。

"到了八月……萤火虫寿命已尽，就看不见了……

"我还在池边待了五个小时……真叫人失望。"

萤火虫的寿命很短。

放出瞬间的光芒，然后就像花、像月一样消失无踪。简直就像镜花的世界……

背对我走在前面的麻贵学姐，仿佛和《夜叉池》的白雪重叠了。

受困于水之牢笼，对自由渴望得想要尖叫，又因百合温柔的歌声得到慰藉，守护着百合恋情的妖怪公主。

——这对夫妻真是令人又羡又妒。

麻贵学姐是怀着何种心情去看为爱而死的雨宫同学？

雨宫同学经历了她所没有的炽热爱恋，是否令她感到羡慕？

麻贵学姐会不会也像白雪那样，因雨宫同学的存在而得到慰藉？

空气渐渐变冷。

麻贵学姐有些不耐地喃喃说道："不管我怎么做，都没办法像萤那样为爱而活，也没办法像樱井流人那样玩世不恭。我只能当我自己。"

仿佛要制止感伤，她停下脚步回过头来。

她专注而严肃的表情在燃烧般的夕阳下发亮。

"心叶，白雪虽然被约定所束缚，但你不觉得约定这玩意儿本来就是用来打破的吗？"

我没办法回应。

麻贵学姐那神似白雪的表情和语气震慑了我，我不禁颤抖，冒出鸡皮疙瘩。

麻贵学姐浅浅地笑了，又转头继续走。

我也跟在她旁边，心悸依然停不下来。

"约定"究竟是什么？如果麻贵学姐是白雪，束缚她的就是姬仓家的血统吧？那么，麻贵学姐的目的会是什么？

难道麻贵学姐真的会学《夜叉池》的白雪，打算把大钟给毁掉吗？

她打算亲手去摧花碎月，招致狂乱吗？

我的背后再度爬上冰冷的恐惧。

如果真是如此，就太危险了。

因为，能够抑制麻贵学姐这种冲动的百合——萤，已经不在了。

◇　◇　◇

谈到家人的时候，她总是一脸温馨柔和的表情。

就像回想起已逝去的幸福生活般遥望远方，还夹带着一丝哀伤……

她打从心底深爱、尊敬着伟大的父亲，带着自豪地谈论他们的羁绊。无论何时她都期望自己能成为不丢父亲颜面的女儿。

她也深爱着像少女一样娴静温柔的母亲，还会脸上光彩洋溢、欢欣雀跃地说她跟母亲很像。

她喜欢父亲，也喜欢母亲，喜欢到无以复加，渴望见到他们，渴望听到他们温柔的声音，渴望拥抱，渴望撒娇，渴望得不得了。

但这份心愿却无法实现……

所以，她其实一直都很寂寞。

◇　◇　◇

"哇!"

一打开玄关的门,我就吓了一跳。

脸颊高高鼓起的远子学姐屈膝坐在地上,背靠墙壁,正在看一本旧书。

麻贵学姐也吃惊得睁大眼睛。

"干吗在这里看书啊?"

我才在想麻贵学姐这个主人回家了,管家怎么没出来迎接?原来是因为有个人跟座敷童子①一样坐在玄关。

远子学姐面向我们,好像在闹脾气似的,抬眼瞪着我。

"要在哪里看书是我的自由。"

说完又立刻把视线移回书上。

"但是坐在那种地方,屁股不会痛吗?"

"我的屁股不需要心叶来操心。"

"不过,直接坐在地上应该很冷吧?"

"不好意思,已经被我坐得暖烘烘的了。"

麻贵学姐扑哧一笑。

远子学姐抬起头来。

"有、有什么好笑的啊!"

"看你的反应这么直接,真是令人愉快。我今天带心叶出去真是太好了,心情变得好舒畅呢。"

"我听不懂你在说什么啦,麻贵!"

远子学姐涨红了脸,站起身来。

"再说心叶可是'我的'学弟,麻烦你这个管弦乐社的社长不要

---

① 座敷童子,传说是会出现在老房子里的守护神,貌如孩童。

随便把他带出去好吗？”

麻贵学姐微笑道：“喔？你吃醋了？”

“才不是！我身为心叶的学姐，当然有责任保护心叶，不让他被坏人拐骗导致言行失检。心叶的母亲也拜托过我要照顾心叶呢！”

我妈妈拜托她照顾我……那只是电话里的寻常客套话吧？

而且还言行失检咧……这是哪个时代的不良少年啊？

屋内的人听到吵闹声，都跑过来竖耳倾听，实在是太丢脸了。

鱼谷小姐以冷淡的眼神瞪着我，也让我很不舒坦。

“都是因为远子学姐睡得那么熟，我出声叫你你也不醒来啊。而且我们只是去镇上走走，又没做什么失检的行为。”

远子学姐紧抿着嘴，不满地看着我。

麻贵学姐立刻接着说：“就是说啊，心叶。今天真的很愉快，下次我们再去约会吧。”

她还抛给我一个秋波，存心挑衅远子学姐。

远子学姐气得跺脚。

“是这样啊！你们玩得这么开心真是太好了呢！我能在玄关安静地读书也非常、非常、非常、非——常逍遥自在，快乐得不得了喔！”

她到底是从什么时候开始坐在玄关的？

远子学姐像小孩一样乱发脾气之后，就转身踏着大步走掉了。

站在我旁边的麻贵学姐看得捧腹大笑。

我跟鱼谷小姐擦身而过时，还被她撂了一句“真龌龊”，我只能摸摸鼻子悄悄回到房间。

难道我命中注定要犯女难吗？我一边烦恼，一边在稿纸写下三题故事，然后拿着写好的文章去远子学姐的房间。

“远子学姐，是我。”我一边敲门一边喊着。

没有回答。

事情都已经过了一小时，难道她还在生气？

“我要进去啰？”

我转动门把，一开门就看见她披着长辫子的娇小背影。

远子学姐屈膝坐在古董椅上，好像正在看书。放在她膝上的书已经旧得泛黄，大概是从书房拿来的吧。

“……”

她一定听到我的声音了，证据就是我踏进房间的时候，她的肩膀猛然抖了一下。

但她还是顽固地保持沉默。

“……”

“那是从书房里拿来的吧？”

我在她肩后说着，她又惊吓地一抖。

“……”

我悄悄偷看她低垂的脸庞，发现她并没有鼓起脸颊。

她没显露生气的表情，反而垂着眉梢，抿紧嘴巴，露出一副又是失落又是羞愧的困惑表情。

大概是因为刚才在大家面前发脾气，所以感到后悔吧？她或许想要言和，却又找不到开口的时机。

我偶尔也会看到舞花露出这种表情抱膝而坐。

真是的……远子学姐明明就比舞花年长那么多岁耶。

跟麻贵学姐和琴吹同学相比，远子学姐实在太容易理解了。

我心想，就因为她是这种个性，所以不管她怎么使唤我、怎么给我找麻烦，我还是愿意跟她在一起吧。

因为她是会坦然说出“对不起”或“谢谢”的人。

我从她身后窥视书本内容，读了出来：“……我的心里有一个秘密。我怕麻醉药会让人说出呓语，所以我不想打。”

“呀！”

远子学姐惊吓地回过头来，跟我对上视线之后，一下子就红透了脸。

“旧假名果然很难读。这是什么书啊？”

远子学姐依然红着脸，扭扭捏捏地回答：“是镜花的《外科室》啦。这是在一八九五年——就是明治二十八年发表的短篇小说，也是镜花的成名作。”

我的手依然按在椅背上，身体稍微移到远子学姐身旁听她说话。远子学姐好像还有点害羞，但是口中仍然毫无滞塞地说着。围绕着我们的空气仿佛变成了温和的金色。

“高峰医生要为美丽的伯爵夫人动手术，但是夫人却拒绝施打麻醉药，希望他直接动刀。因为她有个朝思暮想的秘密，如果因为麻醉而意识不清，一定会把那件秘密说出来。高峰答应了夫人的请求，真的没有麻醉就用手术刀划开夫人的胸口……”

突然间，远子学姐垂下了睫毛。

她的脸庞让我想起黎明前看到的寂寞表情，我的心脏开始强烈鼓动。

“那夫人后来怎样了？”

“……她抓住高峰的手，把手术刀深深刺进自己的胸口，她还说‘你不知道我的事’。在那瞬间，高峰回答‘我忘不了’。”

远子学姐的嘴唇轻轻颤抖。

她拿着书的手指太过用力，指尖都发白了。

我的胸中也像手术刀刺入似的，感到尖锐的冲击。

——你不知道我的事。

“夫人心满意足地浮现清纯的笑容，然后咽下了最后一口气。

“其实他们两人在九年前曾经擦身而过，连半句话都没交谈过，只是那么一瞬间的事。他们在那一瞬间互相吸引……陷入热恋，而后一直把这份感情深藏心中。

“两人一定想都没想过，对方会把自己放在心上吧……

“然而，他们却都无法忘怀那如梦似幻的瞬间。

“就像冰凉的山栀酒①一样……对白和故事都显得透明而梦幻……

“淡淡花香残留口中久久不去，真的会令人沉浸于悲伤，不断反复阅读同样的场景叙述……”

远子学姐又消沉地垂下眼帘。

她大概是太过投入于故事情节了。

不，或许因为这是别人的书，而且又过了保存期限而无法食用，所以她才会这么遗憾……

我把刚刚写好的三题故事伸到她眼前。

“要吃晚餐吗？可惜不是山栀风味。”

远子学姐睁大了眼睛。

---

① 山栀的日语和“缄默（口無し）”同音，隐喻秘而不宣之事。

她把镜花的书放置膝上，双手捏住稿纸的两端，对我露出娇花盛开般的灿烂笑容。

“谢谢你，心叶。我要开动了！还有，刚才跟你发脾气真是对不起。”

我感到心花怒放，整个人变得暖洋洋的。

一句“谢谢”就让我感到欣喜，一句“对不起”就能让我无可奈何地包容她。

截至今日好像都是这样。

远子学姐说着“我在中午吃完剩下的《托尼奥·克勒格尔》之后就什么都没吃了，肚子都快饿扁啦”，同时欢欣喜悦地撕碎稿纸，开始“啪嗒啪嗒、咕噜咕噜”地吃了起来。

“哇！味道好像莴苣鲑鱼炒饭喔！这是描述全班同学在文化祭时合力制作电影的故事吧，题目是什么呢？”

“是‘文化祭’、‘胶卷’和‘握手’。”

“真是青春洋溢！这是永远的题材呀！啊啊，莴苣爽口脆嫩，好新鲜好美味！炒饭也彻底炒过，粒粒匀称松爽。鲑鱼虽咸却带有甜味，撒在上面的鲑鱼子弹性好到会在舌上跳动呢！”

到第二张为止，远子学姐都还吃得津津有味、陶醉不已，但是一吃起第三张，立刻变成一张苦瓜脸。

“这个……为什么突然有手从银幕里伸出来啊？而且还不止一只，是好多只手一起蠕动爬出。呜呜……就像原本清爽的酱油风味炒饭，突然加了辣椒下去炒一样啦。讨厌！莴苣变成西瓜！鲑鱼变成章鱼烧！鲑鱼子也变成樱桃果酱了啦！讨厌，整个都黏糊糊的了——观众握了从银幕伸出来的手，结果精气都被吸走了啦——”

她哭丧着脸吃完最后一口之后，虚脱地把脸贴在椅背上。

没办法，这是她应得的回报。今天早上我被远子学姐踢到的后颈，直到现在都还不太舒服。不过我一想到她刚才那么开心地对我道谢，心中还是有点刺痛……

“好过分，太过分了，心叶！本来明明那么好吃的说！你跟麻贵出去之后果然学坏了啦！”

远子学姐泪眼婆娑地瞪着我，我只是淡淡回答：“最近我写的都是些不痛不痒的故事，偶尔来点刺激不是很好吗？而且这跟麻贵学姐又没有关系，今天也是她硬把我拉去当保镖的。”

“哼，真是过分的女人！”

“远子学姐哪有资格说人家？”

我无力地想，她自己不也老是这样吗？远子学姐从椅背上方探出身体，鼓着脸颊逼近了我。

“麻贵跟你说了什么？你们去了哪里？做了些什么？发生了什么事？我不会生气的，所以你就毫不隐瞒地把事情告诉可敬的学姐吧！”

“远子学姐的眼神变得好恐怖。”

“……因为心叶的女朋友一定要是通过我面试许可的女孩才行！初次面试、第二次面试、第三次面试，直到最终面试为止，非得仔细审查不可！像麻贵这种人在书面审查阶段就会被退回了，跟那种女人交往的话，一定会被吸光全身精气，转眼之间就变成颤颤巍巍的老爷爷喔！”

她喀搭喀搭摇晃着椅背如此宣称。

“要这样面试的话，我才不要当你的学弟！”

我忍着头痛央求她“总之请你先冷静下来”，然后开始说起白天发生的事。

包括去事务所的事、麻贵学姐祖父的事、胎记的事，还有白雪的事。

我也说了麻贵学姐提起雨宫同学时，脸上寂寞的神情……

全部说完之后，远子学姐嘴角扭曲，很不满地说："唔……那个黑心女果然有什么企图。讨厌死了……真正重要的事情什么都不说，还这样使唤别人，真是气死人了！"

她站了起来，一边来回踱步一边抱怨："如果希望我帮忙，就不要用欠债来要挟，或是别有用心地把谜题丢给我，直接请我助她一臂之力不就好了吗？既然她隐瞒了这么多事，又不说出事情关键，我也只能自己找线索了。

"如果不这样做，根本猜不到麻贵期望听到怎样的'想象'，效率太差了！"

远子学姐虽然总是回避着麻贵学姐，对她恶言恶语，其实还是很担心她的。

"是为了抓住麻贵学姐的弱点去要胁她吧？"

"才、才不是！我只是单纯地想掌握她的弱点，要她一辈子欠我恩情，称呼我为远子大人啦。心叶丢着我跟麻贵出去的时候，我也认真地进行了调查。我可不是只有待在玄关等心叶回来喔。真的喔！"

她拼命解释着。

"什么调查啊？"

"我打电话了。"

"打到哪儿？"

"你很快就会知道了。"

远子学姐嘿嘿一笑，挺起胸膛。

"总之，我们最初说要惩罚麻贵的目标还是没有改变，这一点你要好好地铭记在心喔，心叶。绝对不可以被麻贵给拐了。”

“什么叫做‘我们’的目标？我才没有订那种目标咧！”

“好了，我先去冲个澡吧，等一身清爽之后再来开作战会议唷。”

她一脸平然地跳下椅子，往门口走去。

唉，我今晚又要陪她了吗？看来她已经把昨晚被白雪吓得魂飞魄散的事情抛到九霄云外了。

“如果是悬疑片的话，都会在冲澡的时候被杀掉喔。”

我随口一说，远子学姐就跳了起来。

“呀！那、那都是‘迷信’啦！”

然后她就愁眉苦脸、畏畏缩缩地走出去了。

她等一下冲澡时一定会忍不住警戒后方，就让她好好怕个够吧。

我“想象”着那副景象，才稍微消了一点气。

这时，走廊突然传来“呀”地一声惊叫。

那是远子学姐的声音！

难道幽灵这么快就出现了？

我立刻开门冲上走廊。

“远子学姐！”

我边跑边叫她的名字。

其他方向也纷纷传出开门声，几个脚步声逐渐接近。

“讨厌，那、那是什么啊！”

我又听见远子学姐的声音，就在那个转角后面！

我冲往那个方向，突然脚下一滑。

“哇！”

“心叶！”

腰部猛然受到冲击。我一跤摔倒在地，手心摸到冰凉的液体。

走廊上积满了水，地毯都被浸湿了。

为什么这里会积水？屋顶漏水了吗？

“心叶，你没事吧？”

缩在地上的远子学姐心焦如焚地看着我。

这时在屋内工作的人都跑来了，包括管家、帮佣妇人、园丁、厨师以及女仆鱼谷小姐——所有人都到齐了。

众人看到地上的积水好像都误以为是鲜血，因此兴起一阵骚动。

“呀！血，是血啊！”

“妖怪作祟啊！”

现场弥漫着疯狂的气氛，让人无法正常思考。

远子学姐站起来安抚大家说：“不是的，那些不是血，只是水啦！”

我也再度摸摸那些液体。渗入地毯的液体不容易辨别颜色，可是那个的确不是血，摸起来滑而不黏。

就像远子学姐所说，这些大概只是水——奇怪？

仔细一看，里面还掺杂着像是草的物体。当我看出那是什么东西时，全身热度霎时退去。

“喂，这不是水草吗……”

园丁老爷爷抓起湿答答的草，拿到鼻尖仔细凝视，然后露出惊恐的表情。

“水草！”

“该不会是池里的水草吧！”

“白雪真的来了！”

一时之间尖叫四起。鱼谷小姐双手掩嘴，一脸害怕地看着散落在濡湿地毯上，像虫子尸骸般的水草。

此时光线突然消失。

黑暗降临在众人头上，几个惨叫声冲进耳里。大家彼此碰撞，人声纷杂，吓得胆颤心惊。按电源开关好像也开不了灯，场面变得越来越混乱。

“喂，你们有没有听见什么声音……”

听到有人大喊，众人一下子就安静下来。

大家在冰冷紧张的气氛中害怕地竖耳倾听，然后听见了水龙头流出的水声。

“是厨房。”

帮佣的阿姨压低声音说道。

水是谁放的？会是麻贵学姐吗？

不，麻贵学姐应该在二楼……难道有别人潜入屋内？

我想起八十年前发生在一夜之间的大量杀人事件，背脊都颤抖起来了。

接着连其他方向也传来了水声。

“是一楼的洗手间！”

厨师颤声说道。接下来是一楼的浴室，然后是二楼的洗手间，还有二楼的浴室……四面八方都出现了瀑布般的强烈水声，将我们包围起来。

屋内的水龙头大概全被打开了。我就像受困于水之牢笼，呼吸开始不顺，好像随时都会发作。

“总、总而言之，先把水龙头关起来才行，不然要付很多水费的。”

紧贴在我背上的远子学姐说出非常现实的论调。

要怎样都好啦，我只希望她别一直把我往前推。她大概是想叫我去看看吧。

突然有只冰凉的手贴在我的腰边，让我吓了一大跳。转头一看，鱼谷小姐正紧紧地揪住我衣服的下摆。

她可能也很害怕，全身都在发抖。

我们就这样黏在一块儿，屏着气息悄悄走向二楼的浴室。就像害怕有人潜伏在黑暗之中似的，胆怯地慢慢前进。

有人突然“哇”地大叫一声。

“怎、怎么了？不要发出怪声啦。”

“又、又又又又有积水了！”

漆黑的地上发出透亮的水光。这些水看起来不像是从水龙头流出来的，反而像是有个全身湿透的人从这经过，留下一道水迹。

远子学姐贴在我的肩后喘息似的低语：“我们跟着这水迹走吧。”

拉着我上衣的鱼谷小姐惊恐地缩起身子。

我问“这样不是很危险吗”，远子学姐仍然坚持“大家一起去不会有事的”，所以我们还是跟着水迹走。

现在如果有个人滑倒，三人一定会摔成一团。我们就这样紧紧相贴，仔细盯着脚边，小心翼翼地向前走。

空气里夹带着湿气，我的额头也已冒出冷汗。

大家从半途开始闭口不语，所以水龙头流出的水声好像也变得更清晰了。

不知道麻贵学姐怎么了？我又想起先前听到的惨剧。

——没有一个人活下来。

——其中一具尸体的脸到咽喉都被镰刀割开。

——一具尸体是被铁锹刺进胸口。

——一具尸体是被轰了一枪。

——一具尸体是从楼梯滚下摔断颈椎，还有一具尸体是口吐白沫倒在地上。

水迹一路延续到一楼西侧的书房。

门扉是半开的。

就在我们屏息靠近时，有一股强烈的臭味冲入鼻腔。

“呜！”

“好臭！”

每个人都捂住鼻子。我一把推开了门。

鱼谷小姐似乎想要制止我，脱口喊出“啊……”的一声惊呼。

门扉整个敞开，像是血肉腐烂的腥味顿时迎面扑来。

接着，传来了某种东西跳动的噗噗声。

我隐约感到后方的远子学姐正在强忍尖叫，鱼谷小姐则是抓着我的衣摆，浑身僵硬不动。

恐惧感涌入脑海，令我全身冻结。

多么可怕的噩梦……

地上躺满大量的鱼。

其中也有活鱼，但是绝大多数的鱼已经不会动了，湿润的鳞片在黑暗里散发出骇人的光辉。

这里原本是由梨和秋良的圣地啊……

此处已不复见相恋情侣和乐融融的温馨画面，反而有一片无底沼泽般的黑暗、混沌、恐怖，发出直击脑门的腥臭味道展现在我们眼前。

门里的景象简直就是地狱!

后方突然射来光线。

“!”

我们每人大概都被吓得只剩半条命了。

但是,拿着手电筒出现在后方的却是麻贵学姐。她若无其事地对浑身僵直的我们说:“发生这么大的骚动,我还以为又会像八十年前那样死一堆人呢。看来你们都平安无事嘛。”

那表情简直就像在说“没死人真是可惜”。她从哑然无语的我们身边走进房中,用手电筒照向地面,结果看到了鱼嘴和鱼鳍都还在动,甚至可以看到混浊的眼珠全都盯着这边,我们三人慌忙转开视线。

但是麻贵学姐却好像无视于铺满地板和桌椅的鱼,还有那些东西发出的臭味,她稀松平常地来回走动,用手电筒照着仔细观察。

这样的麻贵学姐比什么都叫人害怕啊! 正当我这样想的时候,帮佣的阿姨突然放声尖叫。

长椅对面隐约浮现半透明的人影。

目睹怪状的强烈惧意袭向我们。

有个身穿白色和服,一头白发披垂至腰的女性背对我们站着。

麻贵学姐把手电筒对准她,接着她转过身来。

战栗感贯穿了心脏。

光辉灿烂的金色眼睛。

大大咧开的口中伸出利牙。

那简直就像……

“啊啊……啊啊……”

鱼谷小姐睁大眼睛拼命摇头,喉咙发出不成语句的声音。

"白雪"的脸上戴着般若的面具[1]。

"!"

手电筒"啪"的一声失去光芒,黑暗再度降临,众人发出了惨叫。

有人抱头蹲在走廊上,有人拔腿就逃,众人瞬间一哄而散。远子学姐也怕得紧紧抓住我,鱼谷小姐则颤抖不已地站在原地。

"……啊……约定……约定……"

当我觉得好像听到这句喃喃低语时,突然看见白色的影子像鸟一样在地板和天花板之间迅速移动。

窗户玻璃破裂,窗帘被风吹起,月光投射而入。

"心、心叶……那……那边!"

远子学姐在我耳边颤声说着,然后指向窗户。

嵌在窗上的木格子伸进一双枯瘦如柴的手。

一只手摇晃着窗棂,另一只手好像想要抓住什么似的挥来挥去。

般若的面具透过木格子望向这边,深深凹陷的金色眼睛——

接连不断地发生太多超越现实的事,我的感觉大概已经麻痹了。我既没尖叫也没转开视线,而是直直盯着那幅异样的景象。

麻贵学姐踢开地上的鱼,走向窗边。

她出人意料地去抓从木格子里伸出来的手,但是"白雪"的手却避开了麻贵学姐的手,消失在黑暗之中。

麻贵学姐瞪着破裂的窗户,不满地发出啧啧声。

水声不知何时已经停止,寒彻心底的寂静充斥于整间屋子。

远子学姐攀在我身上,战战兢兢地抬起脸。鱼谷小姐依然害怕地睁大眼睛,僵立不动,而她注视的是麻贵学姐。

---

① 般若,能剧使用的恶鬼面具,有两只角和血盆大口,象征女性的愤怒和嫉妒。

窗外射进来的妖艳月光照着麻贵学姐，她别有深意地说："如果跟八十年前一样，心叶以后离我而去的话……白雪就会再现身。说不定，下次屋内真的会变成一片血海了。"

◇　◇　◇

"白雪"确实存在。

当我真的亲眼看见受限于古老约定而扭曲的那个存在，心中的惊恐真不知该如何形容。

简直就像潜伏在这受诅咒的屋中的阴影集合凝聚，化为一位可怕的少女……

偶尔或许会出现这样的存在。

既是人，而又拥有非人的瞬间。这是无法用我们的常识去衡量，寄宿着难以理解狂暴灵魂的奇特存在。

这实在太脱离现实了，同时又是不可否认的现实，因此我们只能不知所措地惊愕发抖。

那个时候"白雪"为何心满意足地发出高笑?

对当时的我来说，那只是个无解的谜题。

但是，在那个夏天已经远离，一切的人和时间都已成为过去之后，现在我似乎已经想象得出那个笑容的意义。

没错，那一定是……

第五章

早到的客人·消失的恋人

昨天的事情过后，所有人一起进行大扫除。

还好电灯只是保险丝烧断，很快就修理好了，但是就算房间恢复明亮，也无法让躺满地毯的鱼尸消失。

众人将鱼捡起，又翻开地毯，各自拿拖把和抹布擦起地板。

“小姐你们请先去休息吧。”

管家惶恐地几度劝告我们，但我一点都不想睡，所以还是跟远子学姐一起加入打扫工作。

麻贵学姐还是跟往常一样，若无其事地抓起鱼放进篮子里。

远子学姐把辫子盘在头上，脸上蒙着三角巾，手戴橡胶手套，身披围裙，配上全副武装。她似乎想抓鱼的尾巴，却又害怕地缩手，试了好几次之后终于放弃，还是乖乖地拿起抹布专心擦地，偶尔还会用力甩头，像是要挥去那些可怕的想象。

其他人也几乎没开口说话，只是一脸疲惫地默默打扫。

鱼谷小姐同样板着一张脸，好像正在沉思一样，一句话都没说。

房间大致打扫干净时，已经接近午夜。我的手和衣服都沾染了鱼腥味，轮到我洗澡时，我把肥皂抹满全身，用力擦到几乎破皮。

过了凌晨两点，终于可以躺下休息了。

远子学姐又抱着枕头窝在我床上，我连赶她走的力气都没有，只得再三叮咛她“请不要再踢我”就入眠了。

醒来时已经过了中午。

我的头上结结实实地肿了两个包。

“远子学姐——”

“对、对不起啦！”

远子学姐藉口说要洗脸，很快就逃得不见踪影。

真受不了她……我皱着眉换过衣服，走出房间。

在走廊上漫步时，我回想起昨天的怪事，就郁闷了起来。

我过去都猜测“白雪是人类”，因为无论送来威胁信或是从屋顶泼水，仅靠一人之力已经绰绰有余。但是昨晚那些怪事……

我回忆起浮现在书柜前的白发女鬼，后颈都发冷了。总不会是所有人都同时看见幻觉吧？

而且要弄来那些鱼和走廊的积水，光靠一个人是办不到的。要怎么做才有办法潜入屋内，避开所有人的耳目做出那些事呢？

我越想越害怕。

事态已经危险到这种地步了，麻贵学姐却还是不为所动，看起来也不像要抓犯人的样子。难道她……是在等待？但是，她等的又会是什么？

我正要下楼，刚好看到鱼谷小姐走上楼。

“早安。”

我打了招呼，她却没有回应。

她并非漠视我，而是充耳不闻。她眼睛充血，呼吸很不顺畅，脸色微微发青，却又苍白得跟蜡烛一样，连脚步都走不稳。

那虚弱至极的模样令我看得暗暗心惊，换好衣服的远子学姐正好跑过来。

“早安，纱代。咦？”

远子学姐大概也发现鱼谷小姐的情况不太对劲了。

“纱代，跟我来一下。”

远子学姐牵着鱼谷小姐的手，带她走下楼梯，然后跟她的额头相抵。

“果然发烧了！眼睛也好红喔！纱代，你昨晚都没睡吗？今天还是待在房间休息比较好吧？”

鱼谷小姐好像终于发觉旁人的存在，她以彷徨的眼神看着远子学姐，并以畏惧的表情摇头。

“我……睡不着，我听到了……歌声。”

“歌声？什么歌声？”

鱼谷小姐说得越来越小声，她面孔皱起，眼中带泪，很痛苦地喃喃说道：“是奶奶……教过我的……龙之国度……流传下来的手球歌……”

“龙之国度？”

远子学姐皱着眉，露出沉思的表情。

我也思索着，龙之国度是什么东西啊？

“我看你还是先回房吧，纱代。管家那边我会帮你说一声的。”

我和远子学姐一起把低头发抖的鱼谷小姐送回房间。

那是位于一楼，约有两坪多的朴素房间。当我看到衣柜上放了一颗跟彼岸花同样鲜红的手球，突然惊觉地想起。

那个旧手球……我之前也看过……

所谓的手球歌，难道就是鱼谷小姐那时唱的歌？

我们从柜子抽屉搬出被褥铺好，让鱼谷小姐躺下之后才走出房间。

关了门正要离开时，后面传来细微的歌声。

对面山谷有蛇竖立，
化为八幡老者之女。
瞧它站得惟妙惟肖，
颈上饰有水滴珠，
脚下踩着黄金鞋，
口中喊着新名姓，
越过荒山和旷野……

我和远子学姐互望了一眼。

后来我们带着加入蜂蜜的热牛奶和退烧药回到房间，这时鱼谷小姐已经坐了起来，像婴儿一般抱着手球，轻轻唱着同样的歌。

对面山谷有蛇竖立，
有蛇竖立……

她单调的歌声以及徘徊在幻想世界般的空虚眼神，让我冒起鸡皮疙瘩。

昨晚事件对鱼谷小姐造成的打击，竟然强烈到让她的精神状态失衡至这种地步？

虽然她乍看坚强，毕竟还是个初中生，这也难怪……

远子学姐让鱼谷小姐服下牛奶和退烧药，还为了让她转移注意力而陪她闲聊了几句话，最后她终于睡了。

我们见状也悄悄离开了房间。

“那首歌是镜花的《草迷宫》里出现过的歌喔。”

远离鱼谷小姐的卧室之后，远子学姐说道。

“你是说主角叫叶越明的那个故事啊？他为了找寻母亲唱的摇篮曲而来到鬼屋……所以鱼谷小姐的祖母也读过《草迷宫》，然后教了鱼谷小姐这首歌吧。但是龙之国度又是什么？《草迷宫》也像《夜叉池》那样出现了龙神吗？”

“没有啊……可是……”

远子学姐好像在顾虑着什么，只见她紧紧皱眉，食指点在唇上，后来也一直沉默不语。

当天晚上，远子学姐坐在我床上，把由梨的日记全都读给我听。

一朵红色抚子的压花夹在书里当作书签。

我靠在床头，两腿伸直坐着，听她读日记。

“秋良会离开吗？自从他的朋友来到这里以后，他就老是摆出为难的表情。留学是秋良打从心底期盼的事，秋良的朋友是这样说的。我也很清楚，因为秋良也跟我提过。”

“我一看到陷入深思的秋良就好难过，后来我带小白出去散步，还被男爵凶狠地吠叫。小白生气地想要冲向男爵，我赶紧制止了。”

“白雪来到家里了！我一看窗子就发现她冷眼伫立在那边！她还诱惑我，说只要把事情交给她就好，还说约定那种东西不遵守也不会怎样，这么一来就能得到自由了。但是，我绝对不会违背约定，因为我是祈祷姬仓一族繁荣的巫女，也是父亲大人的女儿。我跟父亲大人或族里的任何一人都不像……也有人说过这种讨厌的话，但是父亲大人总是叫我‘吾女’。我还住在家里时，父亲大人续弦再娶的母亲大人也对我很温柔。我绝不能让他们失望。

“秋良果然还是想要去留学。我悄悄听到他跟朋友说话时，眼前变得一片昏黑，胸口好像就要迸裂。故事就要结束了，故事就要结束了，故事就要结束了！”

“父亲大人寄给我的书已经收到，现在我能做的也只有这件事。读了父亲大人写的字，心情应该会比较平静吧，我去了管家房间，拆开刚寄到的包裹，翻开书来看。其实管家以前跟我说过绝对不能这样做，但我现在若不这么做，好像就要发狂了。

“但是，我一翻开封面，就明白过去收到的书都不是父亲大人寄给我的。

“父亲大人的书再也无法安慰我了。‘赠予吾女’一语也无法再度回荡在我胸中。我仅剩的只有坠入无边黑暗的绝望。”

“我把管家拿来的父亲大人赠书放在桌上，翻开封面，仔细凝视父亲大人的字，看得泪流不止。

“我并非父亲大人之子，是因亡母不贞行为而生下的罪恶之子，旁人的这些话果然是千真万确。

“幸福已经无处可寻了。如果现在再遇白雪，我一定敌不过诱惑，所以晚上绝不能去池边。我如此思考时，窗户咚咚响起，只见白雪就在那儿微笑。我不停恳求她：‘你走吧，你走吧。’”

远子学姐趴在床上，淡淡地读下去。

她低俯的侧脸看来平静，但是眼睛却略显湿润。

——有人说由梨不是姬仓家的孩子。

现在回想起来，土产店的老爷爷和麻贵学姐说过的话好像都带有这种暗示。譬如，由梨不能跟家人住在一起是有原因的……因为她是亡母外遇而生下的孩子吗？

由梨的哀伤窜入我心中。

同时我也发觉，日记里关于白雪的叙述逐渐增加。原本只会在池边遇见的白雪开始在屋内出现，每晚敲着她的窗子。

由梨被逼得越来越紧，渐渐变得疯狂。

“求求你不要来，白雪。不，不是的，我还是会遵守约定。不是的，不是的，不是这样的，我不是像你那样的妖怪。不可以去池边，约定……约定……”

“白雪在窗外招手。不可以去池边。用红花装饰吧。白花太丑了我不喜欢。把白花全部、全部捏碎丢掉吧。晚上不可以去池边。因为，月光是白的，因为是白的，白的，因为，因为，是白的，是白的。白的，白的。纯白的。好丑陋。好可怕。因为，白的。父亲大人的书。被男爵吠了。出去就会被男爵吠。小白被男爵咬得满身是血。我哭着帮小白包扎。血流得好多，我好担心小白会死掉。再也见不到小白了。秋良下周就要出发。”

全是意义不明的语句。

难道由梨真的陷入疯狂了吗？

此时我渐渐输给睡意，意识开始变得模糊，脑中纵横交错着由梨、白雪、穿着古装的麻贵学姐、远子学姐和鱼谷小姐，还有夜晚的池子、红色手球、四处飞舞的萤火虫，思绪乱成一团。

因为担心晃会离去，不安地抱着人偶唱摇篮曲的百合变成鱼谷小姐，命令属下去破坏大钟的白雪变成麻贵学姐，用镰刀划开自己胸口的百合变成了远子学姐。

为什么要让我做梦。

所有的梦迟早都会醒来。

恋爱终究是镜中花，水中月。

晃一定会回来的。

不，秋良就要走了。

色彩鲜明的意识奔流仿佛就要将我淹没，我的身体逐渐下沉。

就在这时——

流入我耳里的由梨之语突然变得平静。

“发生了好开心的事。我再也不会叹气了，我是全世界最幸福的人。”

虽然平静，却也有些悲伤……

远子学姐以这样的声音继续念着日记。

“我跟秋良约好了。

“重要的约定，我点头答应了。

我问秋良种柠檬和桃金娘好吗？他就笑了，秋良的笑容珍贵得令我永生难忘。

“之后我关在房中，以蓝色的画笔画图。

“画下在四壁书柜的围绕之中，笑得比谁都满足、灿烂，笑得比谁都幸福的我。

“我也对自己立下约定。

“这个约定和其他的不同，这是绝对不会被打破的约定。

“因为遇见了秋良，我今后一定能永远展露笑容。”

到这里就结束了……远子学姐的喃喃低语逐渐远去。

她轻轻抬起眼帘，露出跟那天黎明同样的寂寥神情，红色的抚子从日记的最后一页悄然落下。

看见她如此悲伤地低头，我的心不安地揪起。

啊啊，如果一切都是在做梦，等我醒来已经在自己床上，还能听见妈妈来叫我吃早餐，不知该有多好。

◇　◇　◇

她要求的约定非常清纯、美丽、坚强且高洁，但也十分严苛而残酷。

那掩不住哀伤的面容笔直凝视着我，沉静地说出“这个决定或许是错的”。

她说自己也没办法清楚解释。

但是，非得如此不可。

因为她是她父亲的女儿。

她的体内有自远古代代相传的不可思议的血统——人与人之间互相连结的羁绊是一切的开始，是这羁绊将我和她拉在一起，紧密相系，如今却又令我们远隔。

但是，真的很快乐、很幸福，能够相遇真是太好了。

能够跟我如此亲密地相处，她一点都不后悔。

她以温柔到近乎悲切的眼神对我这样诉说，在那片轻柔飘舞的花雨中，不管我怎么呼喊、怎么恳求，她还是不曾回头。

我不停地想起她，不断追忆我们自相遇到离别的种种过往，想念到会不自觉地模仿她的小动作。

水妖现在不知过得如何？

在那之后，我也走出了我们共度时光的那间小小书房。

◇　◇　◇

把我从沉眠中唤醒的不是母亲的声音，而是机车引擎声和男爵的叫声。

在天空乍白的清晨时分，远子学姐背对着我躺在一边，抱着枕头沉沉安睡。

昨晚她在我枕边念了由梨的日记给我听。我还隐约记得远子学姐轻声说“到这里就结束了”，但我后来好像就睡着了。

男爵在外面吠得惊天动地。我爬下床，打开面向庭院的窗帘。

这一瞬间，我整个人僵住了。

门外停了一辆重型机车。

旁边有一对情侣正在激情拥吻。

即使男爵把嘴伸出铁栅门呜呜低鸣威胁，他们还是不为所动，歪着头贪求着炽烈的热吻。

那位女性身材匀称得不输麻贵学姐，穿着一身骑士套装，染成金色的长发披在肩上，从这么远也看得出来是位美人。

男性则穿着牛仔裤和夹克，身材高大、肩膀宽阔，看起来也是一名帅哥——不过好像很眼熟。

那不是流人吗？他是远子学姐寄宿家庭的儿子，虽然像个大学生，其实是比我还小的高一生。

为什么流人一大清早就在麻贵学姐别墅门前大演爱情戏啊！

“……心叶，你起床了啊？”

后方传来朦胧的声音，我吓得跳起来。

头发睡得乱七八糟的远子学姐坐起身，揉揉惺忪的眼睛。

“早安，心叶。”

“早……早安！”

惨了，绝对不能让远子学姐看到窗外正在上演的画面。

“为什么拉上窗帘啊？”

“因为阳光很强，太刺眼了。”

“可是太阳还没升起啊？”

远子学姐也爬下床。我从窗帘缝隙偷看一下外面的情况，发觉爱情戏还在继续。太久了吧，流人！你快点给我结束！

“哇！请不要过来，远子学姐！”

“嗯？为什么？”

她反而起了疑心，面色不善地慢慢逼近。

“外面有什么东西？为什么男爵会叫得这么凶？”

“是、是白雪！白雪趴在窗外啦！”

“咦！”

远子学姐立刻脸色煞白，退后了几步。

呼……这么一来她应该不会硬要开窗来看了吧？

“讨、讨厌啦，心叶，该怎么办啦？可是，我还是要亲眼确认一下才行！”

她露出坚决的眼神，伸手把窗帘往两旁拉开。

我因为放下心中大石而一时松懈，根本来不及阻止。

“哇！”

窗帘完全敞开，外面的景象一览无遗。

流人还在上演爱情画面，唇与唇的亲吻已经移往脸颊和耳朵，接着又回到脸颊，慢慢移向脖子。

远子学姐贴在窗上，气得浑身发抖。

然后她打开窗子，探出身体大吼："流人这个大笨蛋！你在干什么啊！"

"真是的！你就不能用更普通的方式过来吗？"

换过衣服，也重新绑好辫子的远子学姐，拿着托盘乒乒乓乓地敲打流人。

"可是，远子姐，是你自己说有重要的事要调查，叫我要立刻过来啊。我又没有驾照，末班电车也开走了，就算是搭便车也没办法来到这穷乡僻壤，所以我只能找有车的朋友帮忙了嘛。"

"就、就算你这么说——那也不用亲人家吧！我从幼儿园开始就跟你说过几百次了，不可以在大庭广众之下做那种事，为什么你就是说不听呢！"

我反而觉得从幼儿园开始反复劝告过他几百次的远子学姐更了不起。

跟流人接吻的女性再度骑上机车，临走之前说了句"拜拜"，又跟流人轻轻一吻，让远子学姐更加火大。

"我说啊，叫人家载我来这么远的地方，总不能只说句'辛苦啦，慢走'吧？那种行为在外国很普遍啊。"

"这里是日本，你也是日本人吧！"

她把托盘紧紧地按在流人脸上。

"远、远子姐……我的鼻子被塞住了……不能呼吸啦！心叶学长快救我……"

虽然我觉得他是自作自受，但我还是从后方架住远子学姐。

"到此为止吧，好歹流人也是为了你才大老远跑来的。"

"唔……"

远子学姐看看畏缩的流人又看看我，才噘着嘴放下托盘。

“呼……真危险。谢啦，心叶学长。”

“下次再出现这种下流的场面，就算心叶帮忙求情，我也绝不饶你喔！”

远子学姐瞪了流人一眼，才在椅子坐下。刚才帮佣妇人已经端来早餐，摆在圆桌上。有茄子、甜椒、番茄等夏季蔬菜加上橄榄油调味煮成的法式蔬菜冷汤、刚出炉的法国面包、香草口味起司、半熟的蛋包，还有茶壶装的热红茶和玻璃瓶装的天然气泡矿泉水。

我们也陆续坐下，各自吃起早餐。

远子学姐翻开富凯男爵的《水妖》，撕成小块送进口中。

“弗里德里希·富凯是生于一七七七年的德国作家，出身于古老的贵族家系，他的祖父还当过普鲁士将军喔。富凯是由军人转职为作家，在一八一一年发表了他的代表作《水妖》。

“水之精灵温蒂娜和骑士相恋，成为他的妻子，但是骑士触犯了禁忌，在水上斥责温蒂娜，所以她无法重返人间，只能回到水中世界。

“后来，失去温蒂娜的骑士打算再跟其他女性结婚。但是水中世界不允许这种行为，温蒂娜受限于规矩，非得亲手杀死骑士不可。

“这就像是嚼着加入满满葡萄干的裸麦面包，质朴而令人缅怀，略带苦味……香气迷人……裸麦的酸味越嚼越强，跟葡萄干的自然甘甜融合在一起，在舌头留下了忧伤的余韵……”

远子学姐发出细细的声音咀嚼着书页碎片，一口吞下，然后叹了一口气。

“真不错耶，杀死心爱的男人将他据为己有，我爱死这种剧情了。”

流人迅速扫光自己的餐盘后，很自然地把远子学姐的蛋包拉近，还一边发表着意见。远子学姐鼓起脸颊瞪着流人。

“这又不是在描述浓烈情欲的故事，而是被规矩束缚的水妖无奈悲伤的爱情故事啦。

“就在骑士跟另一位女性结婚的当晚，温蒂娜披着白纱出现了。骑士对她说，希望能在吻着她的时候死去。温蒂娜流着泪亲吻他的那一幕实在太美太凄切了，让人胸口涨得满满的。你那种轻浮的吻可差得远了。”

“是是是。”

流人一点都不在意地把蛋包和奶油盖上法国面包，大口咬下。

看他们之间百无禁忌的相处模式，我不由得重新意识到，这两人确实是在同一个屋檐下长大的青梅竹马。远子学姐之前说打了电话，就是打给流人吧。而流人听到远子学姐找他帮忙调查，也立刻飞奔过来。一般人会为了像姐姐一样的青梅竹马做到这种地步吗……

我心底某处蒙上了些许阴影。

用过早餐后，流人开始报告他的调查结果。

在姬仓家的别墅发生多起死亡案件之后，敷岛秋良依照原定计划到德国留学。跟他同时去留学的日本学生在写给家人的信中提到秋良，流人是动用某些关系看到了那些信。

“秋良刚留学时，好几次因为压力太大而呕吐，还去疗养过一阵子。因为语言不通，似乎过得很辛苦。

“而且，他的言行举止、待人处世虽然非常高尚有礼、端正严谨，却不太会跟人交际。他不但不喝酒，而且在太阳下山前就会回到住宿处。信中还不胜感慨地抱怨着，同样是日本留学生却不能多多亲近真是太可惜了，自己好像受到秋良的排斥，敷岛秋良就像空中孤高的月亮。”

秋良经常独自发呆，这种时候他总会捏自己的耳垂，流露哀伤的目光。捏耳垂的动作是他在日本分离的恋人的习惯，他也曾经脸色黯淡地说过“那个人已经不在了”。

捏耳垂的动作——由梨的习惯。

秋良大概经常一边轻捏耳垂，一边回忆着在日本的过往吧。

由梨投水的事情他也知道。恋人因为自己的缘故身亡，他会作何感想……

我一想象就浑身战栗。

那不是比死更痛苦的折磨吗？

听说秋良在留学期间一次都没回老家，想必是因为由梨的事而伤心欲绝。留学期满之后他也继续留在当地，有好一阵子都没人知道他的下落。

后来德国进入了黑暗时代，写下那些信的留学生在回国之后还是很担心秋良。他当地的朋友写信给他，提到看见秋良牵着年幼孩子的手一起走在街上，小孩长得很像秋良，所以猜测秋良可能已经成家。

秋良后来的人生是怎样的情况呢……

远子学姐把食指点在唇上，专注地听着。

流人接着说起五十年前发生在别墅的火灾事件。

“警察把这事件当作纵火案来调查，结果却没抓到犯人，感觉很奇怪对吧？起火地点既不偏僻也不隐秘，就在主屋的正中央。虽然发生在深夜，却很快就有人报警了。

"最麻烦的是当家那时正巧一个人悄悄跑来这里住。他眼睛会受伤绝对不是火灾造成的,听说他被送去医院时,脸上还在流血呢……"

流人一口喝干变凉的红茶,把杯子放回茶盘。

"五十年前的火灾一定有什么内幕。我想可能是姬仓家有所隐瞒,导致当地警方无从调查。真要说的话,更有可能是姬仓家直接向警方施压。"

"五十年前的当家,就是麻贵学姐的祖父吧?"

"是啊,就是现任当家姬仓光国,那时他还是刚刚成为当家的年轻小伙子。最出人意料的是,他在孩提时代十分体弱多病,所以住在乡下疗养。白雪的事件发生后,本家的人死了不少,几乎没有可以继承家业的男丁,他才会突然被拱成大少爷,因此大家一开始都不太看得起他。后来他渐渐展露本性,击垮了所有敌人,还让白雪事件之后逐渐衰败的姬仓家变得繁荣更胜往昔,直到现在,他还以君主之姿君临姬仓一族。真是个怪物啊。"

——祖父对我们整个家族来说,是跟神明一样不可动摇的存在。无论是谁都不敢违抗祖父,就连发表意见都不被允许。

麻贵学姐这样形容过她的祖父。

姬仓光国跟五十年前的火灾有关,这是怎么回事?

远子学姐问道:"火灾发生时,最早跑去救火的人是谁?"

流人似乎早就在等她问这个问题,面带微笑地回答:"是'碰巧经过附近'的主妇,名叫鱼谷寻子。"

"!"

远子学姐上身前倾，我也惊愕屏息。

寻子？鱼谷小姐的祖母也叫寻子啊！她八十年前还在别墅当过女仆……

流人继续微笑着说："没错，就是八十年前的事件里惟一的生还者。"

气氛顿时变得凝重。

远子学姐一脸困惑地说："大量杀人事件的第一发现者是寻子，事隔三十年在同一间屋子发生了火灾，她又是第一个赶到的人……"

我的背轻轻颤抖，冷汗冒出。就算说是巧合，这也巧得太过头了。

"寻子通知消防队之后，就自己冲入火场把当家救了出来，所以她可说是姬仓光国的救命恩人。去年寻子过世时，姬仓光国好像也在葬礼前悄悄地去拜访过。"

发生在八十年前的虚幻古老故事，仿佛急速逼近我们所在的现实生活，顿时多了一层真实感。

远子学姐露出紧张的神情，流人依然轻松笑着。

"我能告诉你们的只有这些了。如果还有什么进展，我会用手机联络你们。对了，我喉咙好渴啊，可以帮我倒杯茶吗？远子姐。"

他爽朗的笑容让气氛变得缓和，远子学姐也露出微笑说："好吧，看在你这么努力的份上，除了茶以外也帮你拿些甜点来吧。"

"嗯嗯，你慢慢来没关系。"

远子学姐走出房间，脚步声渐渐远去。

流人突然朝我靠近。

"心叶学长！今天早上你跟远子姐待在同一个房间吧？你们

两人都穿着睡衣，远子姐还一副刚睡醒的模样，到底是怎么回事？你们从昨晚就一直在一起吗？已经进展到什么地步了？”

我惊愕地后仰。难道他请远子学姐帮忙倒茶，就是为了打听这件事？我的耳根都羞到发红了。

“远子学姐只是因为害怕幽灵才坚持留在我房里，我发誓什么事都没发生。”

“咦——真的假的啊？”

流人明显露出失望的表情，以责难的语气说：“唉！亏我还在想远子姐和心叶学长在那之后态度这么自然，大概是八九不离十了，结果竟然是这样。到底在搞什么嘛！”

“为什么我明明什么都没做却要被责怪啊？”

“真是的，既然远子姐也在烦恼，大胆一点行动不就好了吗？”

我有些吃惊。

“远子学姐在烦恼？”

流人以暧昧而神秘的眼神看着我。

“当然烦恼啊，远子姐再怎么说也是个多愁善感的女高中生嘛。从大事到鸡毛蒜皮的小事，什么都得烦恼。心叶学长，你有想到什么吗？”

那个黎明见到的哀伤表情又浮上我的脑海，让我难受得胸口揪紧。

流人见我无言以对，又露出别有含意的笑容。

“罢了，总之这种时候请写篇甜蜜蜜的故事给她吧。暑期课程结束之后，她在家里都一直吵着好想吃心叶学长写的点心呢。”

真的吗？

就算我不写，这世上还是到处都有远子学姐喜欢的甜美故事啊。

“对了！我来教你一些能让远子姐在消沉时打起精神的词汇吧。”

流人贴近疑惑的我，在我耳边轻声说了像魔法咒语般的三个词汇。

“咦！拿这些当题目来写……实在有点……难为情耶……这真的能让远子学姐打起精神吗？”

“保证比营养剂更有效喔！材料绝对没问题，再来就得看大厨的手艺了。”

流人胸有成竹地说，接着转变成沉稳的眼神。

“放心啦，因为心叶学长是远子姐的作家嘛。”

阴影落在我的心上，他又说我是“远子姐的作家”了。

我完全不想要这样的头衔。

虽说我对远子学姐是没什么意见，但是作家就绝对……

我的指尖变得冰冷，心渐渐下沉，就在我即将陷入记忆的泥沼时，房门就开启了。

站在门口的不是远子学姐，而是满脸不高兴的麻贵学姐。

“果然是阁下啊。”

她带刺的尖锐眼神望向流人，声音冷硬地说。

“我听说大清早来了一个像野狗一样在人家门口跟金发美女亲热的笨蛋，就有不好的预感，结果真的让我猜中了。”

突如其来的犀利言辞让我大吃一惊。

麻贵学姐看流人很不顺眼，从她提到流人名字时的厌恶声音和表情就看得出来。她一定是从流人跟雨宫同学在交往的时候，就开始讨厌他了。

当时因为流人把我卷入雨宫同学的事件，让麻贵学姐的计划失控，后来她就一直对流人很没有好感。

因此，我能理解麻贵学姐不欢迎流人来访。但是照麻贵学姐平时的作风看来，她不该会这么直接地表露感情啊？

没错，如果她笑着出言讽刺还比较合情合理……

“还是老样子，别总是把人看做茅坑蛆虫嘛，公主殿下。”

流人的表情也变得僵硬。

就像麻贵学姐厌恶流人一样，流人也对麻贵学姐怀恨在心。

原因是他曾经被麻贵学姐关在医院里，害大家以为他失踪了，所以也无可厚非。而且在事情结束后，麻贵学姐并没跟他说过一句道歉。

流人踢开椅子站起，朝麻贵学姐走去。

我无意识地紧张屏息，握紧了冒出冷汗的手。

两人有如不共戴天的仇人般互相瞪视。流人走到麻贵学姐面前，仿佛想要表现游刃有余的态度，稍微扬起了嘴角。

“总之我要在这里叨扰两三天了，请多指教。”

“不要，立刻滚出去。”

“我没有其他地方能住啊。”

“又不干我的事。”

彼此交缠的目光带着炽烈的杀气，周围空气紧张得几乎冒出火花。

“麻贵学姐，流人是为了调查八十年前的事情而来。而且，把流人找来的人是远子学姐喔。”

“那又怎样？”

就算抬出远子学姐的名字，麻贵学姐还是无动于衷。何止如此，她的视线还变得愈发凶狠。

“我看到这花花公子轻浮的笑脸就觉得火大。好吧，如果他把塑胶袋套在头上，而且发誓一辈子都不开口，我就让他住下吧。”

“你是恶魔吗？”

“你该学到不是全世界的女人都吃你那套了吧？好好地感谢我吧。”

“这样啊，那我该付学费吗？”

“免了，你早点消失吧，你光是活着就让我不舒服。萤才刚过世一个月，你就跟其他女人打得火热，而且还是在我家门前，开什么玩笑啊？”

流人的脸上顿时失去所有热度，表情变得极为正经。

“就是因为萤死了啊！”

吼叫声响彻屋内，流人的膝盖微微颤抖。

麻贵学姐也不遑多让，她横眉竖目、大动肝火地叫着：“如果当时让你失血过量而死就好了！我真不该那么亲切地把你送去医院亲自照顾！”

流人也吼了回去。

“你那是在囚禁我吧！而且你还故意把苹果和哈密瓜掉在我的伤口上！”

“还不都是因为你听不懂人话！我当时真该用水果刀再刺你伤口几下才对！这样的话，你应该不会才过一个月就故态复萌了吧！”

“我哪有办法啊！萤都已经死了，再也见不到了啊！是一天还是一个月还是十年又有什么差别！就算过了一百年，我也没办法再摸到萤，也没办法再抱她亲她了啊！”

怎么办？流人也激动起来了。他以刺痛人心的悲愤声音大喊："我又不像黑崎那样，可以继续爱着埋在土里的亡魂啊！如果不是活生生的温暖女人，是没办法绑住我的。我是不知道你在不爽什么啦，但你可别把气出在我身上！"

麻贵学姐的脸颊涨得通红。

下一瞬间她就抬起腿，往流人的腹部狠狠踹了一脚。

"！"

那里正是流人被雨宫同学刺伤的部位。

流人瞪大眼睛，双膝着地。

"真是个惹人厌的家伙！"

麻贵学姐丢下这句话，神情不悦地挥手拨开落到脸上的头发，转身走掉了。

"流人！你没事吧！"

我急忙跑过去。

"呜——她不懂什么叫拿捏分寸吗？那个暴力女！"

流人抱着腹部，低头呻吟。他垮下的肩膀看起来好孤寂，很希罕地露出消沉的模样。

我不知所措地试着安慰他："……麻贵学姐看见你就会想起雨宫同学的事吧……她应该也很难过……而且，或许她也只能用这样的方式表达。"

"……或许吧。"

流人没有抬起头，我隐约窥见他咬着嘴唇的模样。

他细微的声音渗透出疼痛和悲切。

"……如果萤还活着的话……或许我真的会只爱她一个。

"我第一次见到萤就有种预感，觉得对象如果是她，或许真的能绑住我……如果她还活着，一定会是这样……”

——我当时想着，我终于碰到了理想的女性，有一种“她将来一定会成为我生命中很重要的人”的预感。

——如果真的碰上这种女孩，就算以后我的身边只有她一个也无所谓。

流人在简餐店里笑着说话的模样就像昨天才发生的事，依然历历在目。

他在葬礼那天一边撕碎雨宫同学的信，一边哭得全身颤抖的模样也是……

——如果还有时间，我好想再带你去更多地方……好想再让你吃更多东西，把你养胖一点……

流人当时站在雨中，涕泪纵横、声音颤抖地如此叫着。

“……但是，萤已经不在了……我只能继续找下去……继续找寻爱我到想要杀死我，能够牢牢抓住我的女人。”

哀痛重重压住我的胸口。

我只能算是雨宫萤这位少女的故事之读者……

但是，流人和麻贵学姐同样为失去雨宫同学感到深深的伤痛。只有跟雨宫同学交集至深的这两人，才感觉得到那种伤痛、绝望和失落，或许也是因此，他们两人才会互不相容。

轻巧的脚步声爬上楼梯，奶油的香气先行传来。

远子学姐回来了。

流人站了起来，同一时间，远子学姐一脸开朗地走进来。

“不好意思，弄得这么久。”

“抱歉，远子姐，我要走了。”

“咦？怎么这么突然？”

远子学姐手持托盘，盛着红茶茶壶和撒上砂糖的杯子蛋糕，吃惊地眨眼。

流人露出可亲的笑容，抓起两个蛋糕，并立刻在其中一个蛋糕上咬了一口。

“嗯，好吃。”

“流人，你怎么了吗？”

“难得来这种地方，我想好好参观一下。反正我会留在附近，随时都能过来看看。”

“那你要住哪啊？”

“我已经预定好要住在认识的温柔大姐姐家里了。”

他挥挥抓着蛋糕的手就走掉了。

“真是的，一点都没在反省嘛！”

远子学姐鼓着脸颊，把托盘“砰”的一声放在桌上。

我抛下一句“我去送他”就跑去追流人。

走到门前，我看见流人正在用杯子蛋糕安抚狂吠的男爵。一开口叫他，他就讶异地回过头来。

“喔，心叶学长……怎么了？”

“你在镇上逛一会儿就回来吧，我会再去劝劝麻贵学姐的。”

“喔，安啦。找地方住是我的看家本领，反正现在是夏天，就算露宿也行啊。”

“我希望你待在这里。如果白雪又出现，我一个人恐怕应付不来，而且也不知道远子学姐会做出什么事。”

流人笑得像个天真的孩子，愉快地扬起嘴角望着我。

“喔？你在担心远子姐吗？”

“也不算啦。”

“没问题的啦，远子姐在非常时刻是很强悍的。虽然她有时还是会少一根筋，到时还请心叶学长多多照顾她啰。”

“喂，流人！”

“啊啊！真希望快点找到我的真命天女，好想只爱着一个女人爱到疯狂啊。”

他朝气蓬勃地说着，摸摸男爵的头说“再见啰”就走了。

我忐忑不安地看着他结实而可靠的背影逐渐远去。

我一边走一边推着男爵，催促它“快点回去”，然后看见麻贵学姐站在门口，表情严肃地环抱双手。

“……那位少爷已经走了吧？”

“流人没有忘记雨宫同学，他还对我说，如果雨宫同学依然在世，说不定他会只爱雨宫同学一个人。”

“……”

麻贵学姐的眼中出现了跟刚才的流人同样的悲伤。

“……那是不可能的。”

她不悦地喃喃说着，接着转过身去。我总觉得她那强悍而凛然的背影跟流人有些相似。

我叹了一口气也走进屋里。

远子学姐还在房间等着，我得快点回去。

爬上楼梯时，我听见了说话声。

“?”

好像有人在吵什么。

是那个转角的房间吧？我朝发出声音的地方走去，对话逐渐变得清晰。

“怎么办？‘来迎接’的男人也出现了，这不就跟八十年前一样吗？”

“这样下去，等那个学生离开以后，我们就会被杀掉吗？”

“怎么可能嘛！我们一直都好好地遵守‘约定’啊！”

我后颈发冷，鸡皮疙瘩冒出。

这是管家那群人的声音吧？

他们把流人当作接走秋良的友人，所以担心我会离开这间屋子吗？

但是，约定究竟是指什么？他们跟“谁”有过约定？

我变得呼吸困难，心跳加速。

正当我蹑手蹑脚离开门口，压低声息准备爬上楼梯时……

鱼谷小姐抱着红色手球，像幻影一样安静地出现在走廊转角。

“！”

因为太过突然，我吓得心跳差点停止。

“鱼、鱼谷小姐，你身体怎么样了？你的脸色看起来还是很差耶。”

鱼谷小姐伸手紧抓我的衣摆，非常认真地说：“……请你尽量不要一个人独处。”

“嗄？”

我还来不及问这是什么意思，她就放开手走下楼梯了。

——这到底是怎么回事……

我的手脚变得更冷了。

如果流人也在的话应该比较好吧？

回到房间，发现远子学姐低着头坐在椅子上。

她的眼神非常寂寞，看得我心中一震。

我又想起黎明时见到的眼神了。

当我还心痛如绞地伫立原地时，远子学姐突然抬头，睁大眼睛。

“哎呀，你回来啦？去得还真久呢。”

由梨的日记摊开放在她的膝上。

原来远子学姐是因为读了那本日记才难过啊？感到放心的同时，我也想起了她在那天黎明好像没有翻开由梨的日记。

这本日记到底为什么能让远子学姐如此难过？虽然里面的内容确实悲伤得令人心痛。

“红茶都冷了啦，你跟流人说些什么啊？”

远子学姐阖上日记。在那之前，我瞥见了红色的抚子。

“那个书签。”

“嗯？”

远子学姐再次翻开日记，贴着抚子压花的书签夹在其中。

“你说这个？”

“是的。那书签从一开始就夹在日记里吗？”

“是啊。”

"是麻贵学姐放进去的吗?"

"应该不是吧,麻贵没有这种兴趣。"

"那会是谁呢?"

不管怎么说,八十年前的压花都不可能有这么鲜艳的色彩吧?

这就代表这本日记在麻贵学姐拿到之前已经有人看过了。

远子学姐应该也想到这个可能性了,她若有所思地喃喃道:"我想……可能是非常了解'白雪'的人吧。"

"这是什么意思?"

"我……也不是很清楚,只是想象罢了。"

远子学姐抿起嘴唇。

我在想,不知该不该把刚才听见的对话和鱼谷小姐劝诫我的事告诉远子学姐。

但是看她这么无精打采的样子,我实在不想让她更担心。

"对了,心叶,不要再转移话题了。"

"什么?"

"你和流人说了什么?难道是不能让我听见的下流对话吗?"

远子学姐鼓着脸颊,吊着眼睛瞪我。

真是自讨苦吃,就连我记不得的事情都被细细盘问一番,害我冒了一身冷汗。

到了下午,远子学姐去到书房,在里面走来走去,还仔细盯着天花板、墙壁和窗户,好像在思考什么。

后来,我因为要去厕所而走出房间。

我用完洗手间,打开门的瞬间,有张对折的白纸落在地上。

刚才进来的时候还没有这张纸啊……我诧异地捡起一看,上面有用原珠笔写下的字。

井上心叶先生

三点时我会在山里的池边等你。

我有很重要的事情要说，所以请你悄悄地过来，别让人发现。

纱代

是鱼谷小姐！

我的心脏紧张地收缩。

为什么？何必把我大老远地叫去池边，有什么话不能在屋里说吗？

而且鱼谷小姐不是跟我说过别靠近池子吗？她还劝我尽量不要自己一个人……

奇怪？事情好像很矛盾。

我看看时钟，离三点剩下不到二十分钟。

总之我先去厨房看看。

“不好意思，鱼谷小姐在吗？”

帮佣妇人告诉我，她刚才出去买东西了。

她已经去池边了吗？所以那张纸条真是鱼谷小姐写的吗？既然如此，我还是去看看比较好吧……

没有时间犹豫了，我无可奈何地离开屋子前往池边。很奇怪的是，一向会在我出门时吠叫的男爵并没有出现。

我沿着艳阳普照的小路走到池边，却没有看见人影。

宽广的水面就跟我和远子学姐一起来的时候一样，沉静地吸收阳光而闪烁。带有草香的微风轻柔摇着树叶和地面的小草，还有昆虫悠然飞舞。

鱼谷小姐还没来吗？

就在此时——

后方伸来一只手，把凉凉的东西按在我脸上。

是毛巾，上面还加了某种药物！

一股酸味刺入鼻腔，我的背脊因感到危险而战栗。

我想要回头却被紧紧抓住，动弹不得。贴在我背后的躯体又高又壮，我猜想对方大概是个成年男性，同时也渐渐失去了意识。

第六章

绯红的誓言

白雪到底是什么人?

我在伸手不见五指的黑暗中如此思索。

白雪在我心中的形象,是静瑟夜晚站在冷冽月光照耀的池中,披着一头白色长发的女人。

“铸造大钟,挂于山麓,早晚三度敲响,使我牢记约定。”

出自性感红艳嘴唇的庄严声音。

这声音有点像是麻贵学姐。然后,又加上我读《夜叉池》的声音、远子学姐吟诵《夜叉池》的声音,几层声音叠在一起。

夜晚的黑幕细微颤动。

“……我天性向往自由,欲求自在,望能随性而行。”

“一旦我忘却誓言,狭窄水池立即要掀起波涛,淹没北陆

七道。”

浸在水中的执拗眼眸像鬼火一般，燃烧着受到封印、失去自由的怨恨。

“若为自由，世上无数人畜性命亦不足惜。然而约不可毁，誓不可破——但绝不可让我忘记此约此誓。为使我牢记在心，切莫怠于敲钟。”

敲钟吧，继续敲钟吧！白雪反复说着。那就是约定的证据。千万别忘了！敲钟吧！敲钟吧！敲钟吧！

◇　◇　◇

醒来之时，我的太阳穴隐隐作痛。

这是哪里啊？

我惊慌地跳起。

木制天花板、榻榻米、糊纸拉门——清净而高雅，这是旅馆的房间？我躺在一张铺着有阳光香味洁白床单的被褥上。

“你醒了吗？”

拉门打开了，一位身穿西装的高大男人走进来。他是在麻贵学姐家工作的高见泽先生，送我来别墅的也是他。为什么高见泽先生会在这里？

大概是昏倒前吸入的药物效果尚未完全退去，我还不太能思考，甚至怀疑自己是否还在梦中。耳朵深处还能听见树林里沙沙的风声。

“对你如此粗暴真是非常抱歉，因为所有事情都即将结束了。”

那温和的口气跟眼前诡谲的状况完全不搭，我胸口更骚动不安，脑子乱成一团。

“什么事要结束了？我接下来会怎么样？”

外面传来雨声。

高见泽先生就像在安抚我，露出沉稳的微笑。

“等到明天我就会送你回东京的家，所以请放心。当然，我也保证天野远子小姐一定会安然无事。其实我原本应该直接去别墅接你……不过预定稍有变更，你一定受到惊吓了吧？真是非常抱歉。”

“你抓我来这里是因为麻贵学姐的指示吗？麻贵学姐打算做什么？”

就算我瞪他，他还是保持笑容。

“这个我不能回答。”

他的声音既平静又温和，但是语气十分坚决。

我的背脊轻微地颤抖，手心也冒汗。在白色拉门外，雨声奏起轻柔的旋律。

“打扰了，有客人要见您。”

“客人？”

高见泽先生听见女侍的通知，露出些微的诧异神色。然后他又恢复平时的稳重表情看着我。

“等一下会为你送晚餐过来。”

说完之后，他就关上拉门，跟女侍一起离开。

我被独自留下来了。

该怎么办……

我已经知道自己没有生命危险，如果乖乖待在这里，就可以平安地被送回家。

这样真的好吗？

我实在不想再招惹什么麻烦了，悬疑片或冒险片的情节都不是我的兴趣。

他也说了可以保证远子学姐的安全。

啊啊，可是远子学姐自己就会做些危险的事了。如果她跟以前一样乱来，因而发生什么事的话……

我脑袋发热，胸口痛得像被利刃贯穿。

还是不行！我非回别墅不可！

我翻开棉被站起，拉开拉门。高见泽先生不在隔壁房间。

我找不到自己的鞋子，只好穿着拖鞋走出去。

有个女侍迎面而来，我不禁心跳加速。

"请问有什么需要吗？"

"啊，那个……请问澡堂在哪里？"

"您是说温泉啊？请往那边……"

女侍为我带路。

外面下着小雨。我随着女侍来到天花板挑高的通道前面，我对她说"到这里就可以了"，把她打发走了。

我确认女侍已经远去之后，就穿着拖鞋走下通道，在庭院树木和夜色之中跑了出去。

幸亏这是一个小镇，只要看到主要干道，应该就能找到回去的路。

路上虽然很暗，至少雨还不大，应该有办法回去吧。

我穿着很不好走的拖鞋快步前进。

但是，情况在入山之后开始恶化。从小在都会里长大，理所当然地认为“晚上会有路灯”的我，完全无法想象少了路灯会是什么情形。

漆黑夜幕从我头上降下，完全遮盖了视线，就连东西的轮廓都无法辨识——伸出的手掌也被可怖的黑暗渐渐吞噬，这片有如太古夜晚的彻底黑暗，如今仍存活在山上。

不管面向哪边都是一片漆黑，除了被雨淋湿的叶片偶尔发出的光芒以外，什么都看不见。我就像蒙着眼睛，只能一边摸索一边慢慢前进。

时而有树枝突如其来地扫过我的脸庞，时而碰到悬挂树上的藤蔓，害我误以为是蛇而吓得跳起，有时还会被地面突起的树根绊倒——所有源于“目不能视”的恐惧都压在我的心头，令我无法喘息。

更惨的是雨势也逐渐加强，我脚下都是泥泞，眼前变得一片模糊，听觉也因为滂沱的雨声而陷入混乱。湿透的身体越来越冷，现在虽是夏天，我却像在严冬之中只穿一件单薄衬衫出门一样冷得浑身发抖，手指和脚趾都冻僵了。

喉咙紧缩，呼吸转促，心脏几乎要破裂。

冷雨刺在皮肤上，积在树叶上的小水洼经常会像瀑布一样倾泄而下。

我的手上脸上都被刮伤，全身只有受伤的地方感觉得到热度。

拖鞋的鞋底在雨中变得滑溜，害我跌倒了好几次。

头上强光闪过，轰隆声磅然响起。

打雷了！

惧意爬上我的背脊。

打雷时待在树下不是很危险吗？而且我也听过全身湿透容易遭到雷击。但是在这下雨的山里，我又能躲去哪里？

——无处可逃了。

雷声如爆炸一样震撼，我吓得缩起身体。在绝望至极之后，心中反而涌起一股愤怒。

我到底在干什么啊！根本就找不到回去的路，彻底地遇难了！我实在太冲动，简直是疯了！

在天亮以前，还是留在原地比较好吧？我已经累坏了，一步也不想多走。

但是，我一想到黎明时在远子学姐脸上看见的寂寞眼神，双脚就自动走了起来。

远子学姐不知道我出门的事。如果我突然消失，她一定会很担心，说不定又会露出那种令人心痛的表情，或许还会在我看不见的地方独自伤心。

或许她还会被幽灵吓得半死。她虽然很爱面子又喜欢逞强，还是会害怕幽灵怕得不得了，甚至每晚跑来我房里，窝在我的床上。

雨宫同学那次也是，虽然她极力声称没有幽灵，但是我们两人被关在地下室的时候，她也坐在地上，把脸埋在膝间，说着幽灵好可怕，像孩子一样嘤嘤哭泣。

——我不想让远子学姐遭到危险啊！因为远子学姐动不动就暴走，做些很乱来的事……所以我很担心啊！

我跪坐在远子学姐面前安慰她的回忆，带着不可思议的酸甜滋味缓缓浮上心头。

我没有自信或乐观到以为自己在危急时刻保护得了远子学姐，也没有狂妄到认为自己保护得了什么人。那种意志和能力都是我不曾拥有的。

但是……如果远子学姐哭了，至少我可以陪在她身边。

至少可以递手帕给她……

耀眼的光芒伴随着轰隆雷声从天而降。

瞬间被照亮的无数树木，看起来就像嘲笑着我的妖魔鬼怪。

耳朵能听见的只有雷电风雨的声音。

如果这全是梦该有多好。

我咬紧牙关，精神集中得几乎令太阳穴涨破，借着闪电瞬间释放的光芒继续向前走。

拖鞋里面也积满泥巴，整个浸得湿淋淋的。

这时，微弱的光芒从仓皇喘气的我面前横向飞过。

——萤火虫？

怎么可能嘛，在这样的大雨之中……

而且麻贵学姐也说过，萤火虫的季节已经结束，她在池边等了很久，连一只也没看见。

但是，好像随时会消失的虚幻微光确实在我眼前飘舞。

光芒轻快移动。

我心想池子或许就在那个方向，拼命地追在光芒后面。

我不相信有幽灵存在。

人死了之后只会回到土里。

但是那点微光却带给我莫大的希望，我心中充满了无法动摇的强烈信念，情绪渐渐高昂，甚至想着“说不定是已经过世的雨宫同学来救我了”这种平时说出来会脸红的事情。

我双手拨开载满雨滴的树枝，就看见闪耀着水光的漆黑池面。

池上只有一个黯淡的光点在翩翩飞舞。

从这里到别墅就只有一条路！

得救了！我回得去了！

这时，我听见了某个声音——

“心……”

“心……叶……”

“心叶。”

我再度讶异地想着“怎么可能”。

那个声音慢慢靠近，我全神贯注地屏息倾听，听着在黑暗之中呼唤我的声音。

——找寻我的声音。

温暖的橘色光芒在树丛后方徘徊。

最后，穿着雨衣、拿着手电筒的远子学姐终于现身了。

我那时的表情一定很蠢吧?

远子学姐露出快哭的表情,看着颓然垂着双手、浑身湿透、茫然呆立的我。

雷声逐渐远去,但雨势还是一样激烈。

我们在一段距离之外,彼此凝视了好一阵子。

"是心叶吗……"

垂着眉梢的远子学姐仿佛要确认什么,战战兢兢地问。

"……是的。"

我也呆呆地回答。

远子学姐还是一脸害怕地看着我,稍微歪着脑袋问:"你……下面有脚吧? 你应该……不是幽灵吧?"

"虽然我又湿又冷,全身是伤,还很狼狈地穿着拖鞋,但总之还是活着。"

裹在雨衣中的纤细身影甩落水滴,冲过来抱住我。

我的脸庞溅上水滴,不过我本来就被雨淋得浑身湿透,所以也不在乎了。

"太好了! 摸得到耶,你真的还活着! 我就觉得非得来池子找找看才行。如果有带熊手[①]就好了! 心叶还活着真是太好了!"

"为什么你好像认定我已经死了啊?"

"因为、因为我听说心叶带着行李自己回去了,所以我很担心嘛。心叶怎么可能不说一声就走掉呢? 但是都到晚上了还不见你回来,我也联络不到流人,外面又下起雨,还打雷闪电的,我在屋里

---

① 熊手,用弯如熊掌的竹片制成的扇形吉祥物。

实在坐不住。”

“在这种下雨打雷的晚上还出来找人，你也太莽撞了吧？”

远子学姐紧抱着我，鼓着脸颊抬起头来。

“心叶自己还不是一样！为什么没有撑伞又只穿着拖鞋？你打算去哪里啊？”

“我被坏人抓了，后来才逃出来的。”

“怎么回事啊？”

“总之我们先回别墅吧，路上我再慢慢说给你听。”

我催着远子学姐踏上回程。

后来我突然意识到，远子学姐正紧握着我的手。我和远子学姐的手都不停滴着雨水，几乎冻僵，但是有少许温度像阳光一样温暖了我的皮肤。

远子学姐存在的暖意透过手心传到我身上。

接着，连她的颤抖也是。

“你很怕幽灵啊？”

“才、才没有！”

“可是你的声音都拔尖了。”

“那是因为太冷了！”

虽然她拼命摇头否认，但我还是清楚看出她在害怕。

即使远子学姐这么怕幽灵，吓得抖成这样，又怕晚上的水池会有妖怪出没，却还是担心得跑出来找我。

在雷雨中穿着雨衣，像个晴天娃娃一样浑身湿答答的。

每当远子学姐的手指吓得颤抖，我心中的暖意就增加一分。

远子学姐似乎因为尴尬而板起脸孔。

“别、别说这些了，你说被抓走到底是怎么回事？”

我和远子学姐手牵着手，走在手电筒照亮的路上，开始说起至今的事情经过。

“高见泽先生把心叶弄昏抓走？”

远子学姐吃惊地睁大眼睛。

“真亏你逃得出来耶，没有遇难真是太好了。”

“是雨宫同学……”

“嗯？”

“没有。”

如果我说是雨宫同学救了我，一定会被她笑吧。不，她本来就很怕幽灵，讲出来的话她可能会更害怕。

“一定是因为我今天的运势很强。”

雨宫同学的事就当作我自己的小秘密吧。

远子学姐露出笑容，就像在夜晚开放的花朵。

“是啊，今天是双鱼座的五星级幸运日喔。”

“那是远子学姐的运势吧？”

“因为我运气很好，所以心叶也得救了啊。”

“哪有这种道理？”

“不，这是宇宙的真理啊。今后心叶如果不更加尊敬我、重视我，就会遭到天谴喔。”

“会把我的英文笔记本撕破，偷吃布雷德伯里《雾号》译文的学姐，叫人怎么尊敬啊？”

“那、那是因为……一不小心就……”

远子学姐支支吾吾的。

“是谁吃了投入中庭那个妖怪信箱的色情文章而身体不适，结果跷了第五堂课跑到社团活动室窝着啊？害我也受到远子学姐拖累，没办法回去上课。”

“那才不是妖怪信箱，是恋爱咨询信箱啦。而且我又没有拜托心叶留下来陪我，是心叶自己决定跷课的吧？”

“看到远子学姐一脸怨恨地说‘你要抛下学姐自己走掉吗～’，我也只能留下来吧？”

“呃……算了啦，人生之中多少会碰到这种事情嘛。”

我们到底在瞎扯什么啊？

就在如同往常的闲谈之间，别墅出现在我们眼前。

从那栋奇特建筑之中散发出来的阴郁气氛，让已经褪去的不安和恐惧再度浮现。

“奇怪，整间屋子都没开灯耶。”

“难道停电了？”

远子学姐害怕地喃喃说着。

我推开轧轧作响的铁栅门，走向玄关。站在门前按了电铃，却没人来应门。

远子学姐深吸一口气，然后伸手推门。

吱……门扉发出刺耳的声音朝两旁敞开。

脚边有一团黑漆漆的东西。

手电筒照到那东西的瞬间，远子学姐就“呀！”地发出惨叫。

——倒在门边的东西，就是口吐白沫、眼睛圆睁的男爵尸体。

“……男、男爵！”

远子学姐僵立不动，颤声叫道。

我也像是被冰冷的手捏住脖子一样发抖。

八十年前发生在别墅里的大量杀人事件——五具尸体之中有

一具是狗，土产店的老爷爷是这样说的，还说那条狗的死状是“口吐白沫”……

我一回过神来，发现天花板上的消防洒水系统在黑暗里低鸣旋转。水喷得到处都是，楼梯和地板都被淋湿了。

“手电筒借我一下。”

我从远子学姐手中接过手电筒，往楼梯照去，结果看见墙上有好几道利刃划过的痕迹，还溅上血一般的红色液体。

到底发生了什么事？

一阵风从浑身僵硬的我们背后吹来，敞开的门扉发出怦然巨响关上。远子学姐被那声音吓得耸起肩膀时，二楼传来另一个声音。

“！”

远子学姐又吓得跳起，我也吓得打起寒颤。

我按住鼓动到几乎爆炸的胸口仔细聆听，二楼果然有人声！

东西掉落的声音、椅子拉动的声音、脚踏地板的声音，全都清晰可闻。

好像是有人在争吵似的，激烈混乱的声音！

一声枪响贯穿耳膜。

我们跳了起来，飞也似的冲上楼梯。

这次又传来玻璃破裂的声音。

——是麻贵学姐的房间！

打开门用手电筒照向里面的瞬间，映入我视野的是绑着两束马尾、头戴纯白女仆头饰的娇小背影。

她的右肩突出一条黑色细长物体，上面冒着细细的白烟，一股东西烧焦的臭味飘了过来。

我一发现那是猎枪，全身立刻变得冰凉。

鱼谷小姐怎么会拿着枪!

日前才刚换过的窗户玻璃又破了,麻贵学姐咬着嘴唇站在窗前,眯着眼睛露出肃穆的表情,她以右手按着的左手臂还在流血。

是鱼谷小姐射伤了她吗?

为什么?

我定睛一看,麻贵学姐受伤的左手也握着割草用的镰刀。

这间屋子里究竟发生什么事?其他人都去哪了?

"快住手,纱代!"

远子学姐大叫。

鱼谷小姐回过头来。浮现在手电筒光芒中的小巧脸蛋一片苍白,头发纷乱、嘴唇皴裂,眼睛像猛兽一样散发凶光。

鱼谷小姐看见穿着滴水雨衣的远子学姐,还有浑身湿透的我,有短暂的瞬间惊讶地睁大眼睛。

"'由梨小姐',秋良先生也平安无事吧?"

由梨小姐?秋良先生?她把我们当作由梨和秋良了吗?

鱼谷小姐好像被什么东西附身一样,露出含有疯狂和憎恨的凄惨笑容。

"没关系,'这次'我不会让由梨小姐弄脏自己的手,我会一个人解决的。"

我顿时冒起鸡皮疙瘩。你在说什么啊,鱼谷小姐!

"全都是毁约的姬仓不好!"

枪口对准了麻贵学姐。

"纱代!我不是由梨啊!你不可以这么做!"

远子学姐的声音好像完全没有传进鱼谷小姐耳中。她很痛苦似的喘气，锁定目标，手指搭上了扳机。

麻贵学姐锐利的视线瞪着鱼谷小姐，她放下双手叫道："你要杀就杀吧！不过我才不管什么约定！我没有义务去遵守那种事！"

鱼谷小姐的脸上燃起怒火。

远子学姐惊叫"不行"，我也疾速冲向鱼谷小姐，从后面架住她的手。

几乎刺破鼓膜的枪声响彻屋内，硝烟冉冉上升。

因为枪身受到震动，子弹打到墙壁，击出了一个洞。

"不要阻碍我！"

叫出这句话的不是鱼谷小姐，而是麻贵学姐。

在愕然的我们面前，麻贵学姐把镰刀用力砸在地上。

"锵"的一声，镰刀刺进地板。

手臂仍在流血的麻贵学姐从镰刀旁边大步走过，往我们靠近。

鱼谷小姐再度举枪。

从这种距离开枪的话，麻贵学姐的胸口一定会被射穿的。但是麻贵学姐的眼神反而锐利得像自己才是把对方逼到绝境的人，她叫道："来啊！对我开枪啊！约定什么的跟我才没有关系！那种东西是束缚不了我的！"

鱼谷小姐愤恨地颤声说道："都是姬仓……都是姬仓不好！"

"姬仓到底做了什么约定？"

空气紧张得让人的皮肤刺痛。麻贵学姐直视鱼谷小姐，而鱼谷小姐咬紧嘴唇，瞪着麻贵学姐说："只要'白雪'还在，就不能动这间屋子……"

"那是我祖父——姬仓光国答应的？"

“是啊！就是你的祖父！而且由梨小姐的父亲也是！在五十年前，还有八十年前——这两位姬仓家的当家都跟‘白雪’做过约定！”

麻贵学姐批判似的说：“我才不相信！为什么祖父他们会接受这种毫无意义的约定？你是在说谎吧？就算遵守这种约定，对姬仓家的利益也不会有任何帮助。”

或许是这句话激怒了鱼谷小姐，她的脸庞染上愤怒和悔恨的神色。

“姬仓家当家会答应这个约定，是为了要掩饰自己的罪过！因为姬仓杀死了秋良先生啊！”

身后传来远子学姐吸气的声音。

我也感到胸口仿佛刺进一支燃烧的箭矢。

——姬仓杀了秋良？

这是怎么回事？秋良不是丢下由梨离开了吗？他不是去德国留学了吗？

鱼谷小姐像是要宣泄压抑已久的情感，继续吐露实情。麻贵学姐则露出一个字都不想听漏的严肃表情，紧紧瞪着鱼谷小姐。

“姬仓觉得秋良先生很碍事，担心秋良先生会把由梨小姐带走。为了不让由梨小姐离开，接到姬仓命令的所有佣人就共谋在秋良先生的餐点下毒，杀死了他，还把他的尸体丢到池里掩盖罪行！

“奶奶发现这件事之后，就用镰刀杀了管家！

“但是园丁、厨师和帮佣妇人拿着菜刀跟斧头追来，想把奶奶也一起杀死，所以由梨小姐拿着枪去救奶奶。

“奶奶和由梨小姐两个人，把园丁、厨师、帮佣妇全都杀掉了。”

八岁的女孩和十几岁的少女竟然一起杀了四个人？

寻子原来不是尸体的第一发现者，而是一开始就在场的共谋杀人犯？

这些内容实在太骇人了，我吃惊得浑身颤抖。

而且，遇害的那些佣人竟然全都是杀死秋良的共犯！

“奶奶说，由梨小姐在开枪的时候一直哭个不停。虽然她想从池子里捞出秋良先生，但是秋良先生被水草缠住。她想要用镰刀割开水草，也因为水里太暗看不清楚，所以伤到了秋良先生的躯体。因为太伤心、太痛苦，她开始变得不正常。

“帮秋良先生报仇之后，由梨小姐终于和奶奶一起把秋良先生拉出池里。她抱着秋良先生缺了手的遗体，一直哭着道歉。现在秋良先生还睡在祠庙下面！”

从池里爬出浑身是血的女人，手上抓着苍白的手臂。

过去的景象随着战栗浮现在我的脑海。

然后是被夕阳染成一片火红的庭院。

女孩在古老的石造祠庙前合手膜拜。

原来那个祠庙不是由梨的墓，而是秋良的墓！

“这间屋子是由梨小姐和秋良先生相遇的地方——也是秋良先生长眠的重要场所。

“八十年前，姬仓为了掩盖这件事，答应绝不对秋良先生的墓和这栋屋子出手。

“奶奶从那时开始，一直守护着这间屋子。

“她为了不让村民接近，一直假扮白雪。

“姬仓家下一任当家在五十年前来到这栋屋子的时候也是——”

麻贵学姐探出上身。

在窗户吹入的风声和雨声中，鱼谷小姐语气僵硬地继续说：“姬仓光国违背了约定，打算放火烧了屋子。就跟现在的你一样，他想要毁了由梨小姐和秋良先生的屋子，把它拆掉。

“奶奶一直监视着姬仓，所以放火烧屋子的姬仓被奶奶击伤眼睛。奶奶以饶过他的性命为条件，要求他再次立下约定。

“只要白雪还在，就不能再对屋子出手。

“我从小到大一直听奶奶述说由梨小姐的事情，所以奶奶过世以后，我继承了奶奶的遗志，成为‘白雪’。”

竟然有这种事！

这历时太过长久的执念直叫人目眩。

——只要白雪还在，就不能拆掉屋子或是填平水池。

鱼谷小姐的祖母是怀着什么心情，以白雪的身份持续守护着屋子呢？

她在月夜里戴上白色假发，出没于别墅和水池周遭，让村民以为白雪仍在此地。

若是有人想开发山地、拆除房子，她就会引起事故，放出白雪作祟的流言。

她过世以后，又由孙女鱼谷小姐继承。

就这样，每次进行开发计划时白雪就会出现。听闻此事的姬仓当家知道约定尚在，只好停止工程。

这种事情在八十年间反复上演了多少次！

麻贵学姐的祖父明知这一切，却让麻贵学姐来这里。

难道他是打算测试自己的继承者麻贵学姐，看她在这姬仓势力无法掌握的地方能发挥什么本事吗？

或许，他预测麻贵学姐什么都做不了，甚至察觉不到秘密的真相？

不管是哪一种，麻贵学姐都被祖父操弄于股掌之中。

麻贵学姐的脸因怒气而抽搐，问道："……把威胁信丢进我房里，又把鱼血和内脏倒在我身上的人也是你吧？"

"是啊，我要代替奶奶保护这间屋子！"

鱼谷小姐眼中放出锐光，把枪口抵在麻贵学姐的喉咙。

"你也要遵守约定！这样的话我就可以放过你！"

她的声音、表情都充满了坚定的意志，显示出这绝对不只是虚言威胁。

虽说如此，她还是会害怕吧？还是会迷惘、犹豫吧？她持枪的手微微地颤抖。

如果贸然阻止，她说不定会扣下扳机，把麻贵学姐的喉咙射穿，所以我连动都不敢动。

远子学姐一定也有同样的想法，所以只敢在我身后紧张地吞咽口水，看着她们的动作。

"好了！快下决定吧！如果拒绝我就立刻杀了你！"

麻贵学姐的表情迅速恢复冷静。她好像很厌倦似的垂下眼帘，以极尽漠然的声音说："……真愚蠢。"

鱼谷小姐惊讶地睁大眼睛。

我也不禁怀疑自己听错了。麻贵学姐！现在你的喉咙都被人用枪抵着了,你还在胡说些什么啊!

“所谓的约定就是这件事吗?祖父极力隐瞒的就只是这点微不足道的事吗?姬仓家小姐就是八十年前惨案的凶手,只为了这种鸡毛蒜皮的理由,就连一栋破房子都没办法拆掉?”

鱼谷小姐的手臂、肩膀都以前所未见的剧烈幅度颤动。

那年幼的脸庞除了憎恨之外,也像是看到什么无法理解的东西,浮现出迷惘、不安和恐惧。

麻贵学姐抬起低伏的目光,简直就像受困池中的龙神公主——优美而端整的眉毛竖起,压抑愤恨的眼睛闪现光辉,饱含焦躁的声音说着:

“姬仓从以前就是染满鲜血的一族了。

“你以为姬仓家自古以来从未出现过一个杀人凶手或是罪犯吗?

“根本不需要亲自下手,只要优雅地坐在高位上。看着人们像食用猪只一样被杀也能平心静气,表情丝毫不改。这种厚颜无耻的人,不管是以前或现在,在姬仓家多得数也数不清。

“就连祖父也一定用过不少卑鄙手段打倒他看不顺眼的对象,但是‘这么丁点儿小事’却无法处理?颜面有重要到这种地步吗?姬仓家绝对不能让人在背后说话,非得是个清白端正的名门不可吗?

“就算听到由梨独自杀了所有人,我也不觉得惊讶。

“这种约定太愚蠢了,无聊得让人想哭啊!”

“麻贵!”

远子学姐像是要制止她继续说下去似的大叫。

鱼谷小姐咬着嘴唇扣下扳机。

心脏被打穿似的剧痛让我脑中变得一片空白。

已经无法避免最坏的场面在眼前上演了……

然而,枪膛并没有射出子弹。

鱼谷小姐一脸焦急地连续扣着扳机,但是只听见“喀喀”声响,什么事都没有发生。

麻贵学姐冷冷地注视着鱼谷小姐说:“那把枪只能装五发子弹,你浪费太多颗子弹了。”

我浑身汗水一瞬间转为冰凉。

麻贵学姐动作利落地推开抵住她咽喉的枪管。

鱼谷小姐愣然呆立。

接着她很快浮现恐惧的表情,浑身颤抖不已。好像看见散发着青白色盛怒烈焰的怪物出现在她面前,要对愚昧的人类施以惩罚。

鱼谷小姐的双膝抖得几乎瘫倒时,一双白皙的手臂从后方扶住她。

她吃惊转头,发现温柔支撑着她肩膀的,就是穿着潮湿雨衣、披着两条长辫子的“文学少女”。

“麻贵,你是为了追查‘白雪’和姬仓之间立下的‘约定’,才建盖出这个舞台吧?”

能将混浊凝重空气一扫而空的清澈眼神,笔直凝视着麻贵学姐。

手电筒的光芒照亮了雨衣上的水滴,远子学姐就像全身披满了星光。

“你打从一开始就知道纱代是‘白雪’，对吧？”

麻贵学姐露出僵硬严肃的表情回望远子学姐。

麻贵学姐知道白雪的真正身份？

鱼谷小姐一脸愕然，我也有如五雷轰顶一般惊讶屏息。

陷入寂静的屋中只听得见冷冷的雨声。

此时，远子学姐的声音缓缓响起。

“由梨的日记里出现好几次‘小白’这个名字。‘带小白出去散步’‘小白被男爵咬了’——只看这些叙述，大概会以为小白是由梨疼爱的宠物吧？但是八十年前发生惨剧的那晚，屋内并没有小白的尸体。

“所以小白就是指惟一存活下来的寻子——也就是纱代的祖母。所谓的小白，其实是寻子的昵称。”

——小白……寻子……①

我的脑中浮现两个名字——叫作小白的小狗，还有名为寻子的女孩。然后两者合而为一，化为面貌神似鱼谷小姐的八岁女孩。

鱼谷小姐的祖母一直待在由梨的身边吗？

“日记的最后，写着小白被男爵咬成重伤。同一段时间，寻子也回了老家。或许那就是为了养伤吧？寻子回到别墅之后，得知由梨的恋人秋良被杀死的事，因此进行了复仇。”

鱼谷小姐一脸哀凄地低下头，远子学姐的“想象”一定是猜中了。

“麻贵，你比我们更早读过这本日记，所以你早就想象出这一

---

① 原文“チロ(chiro)”，是跟“小白”一样普遍的狗名，读音接近“寻”(hiro)。

点了吧?”

麻贵学姐冷漠地回答:“我靠的不是想象,而是用逻辑去推测。一间屋子里发生了大量杀人事件,只有一个人活下来,会怀疑存活者是杀人犯也是理所当然的。而且寻子也出现在五十年前的火灾现场,这绝对不是巧合。”

“因此你做出‘寻子藏着秘密’这个结论吧?然后,你就想象——不,是推测白雪可能就是寻子。

“但是你不明白为什么寻子要伪装成白雪,还有姬仓为什么会这么忌惮白雪。

“白雪和姬仓——这两者之间是不是有什么秘密的约定?这跟八十年前的事件是否有所关联?

“思考着这些事的你,就决定要‘从白雪身上套出约定的内容’。

“寻子在去年已经过世,所以你把寻子的孙女——也就是继承白雪身份的纱代叫来事发地点的这栋别墅。”

鱼谷小姐脸色铁青地看着麻贵学姐。

麻贵学姐已经完全不在意鱼谷小姐的事了,她展现出高傲的眼神,听着远子学姐说话。

“所有事情都是为了逼出‘白雪’而设计的。

“你安排了跟八十年前一样的佣人阵容,‘管家’‘厨师’‘帮佣妇人’‘园丁’‘女仆’和‘狗’——就连‘小姐’‘学生’和‘妖怪’都布置齐全。然后又假装要拆掉房子,逼得白雪非现身不可。”远子学姐说道。

正如同麻贵学姐的预期,白雪真的出现了。送来威胁信,又从屋顶倒下血水的人就是鱼谷小姐。麻贵学姐因为收到效果而欣喜不已,为了进一步逼出白雪,她又主动引起骚动。

“书房里堆满了鱼，还有白雪现身的事，都是你一手导演的。纱代是办不到那种事的，但是麻贵，你却有办法做到。

“这是你叫其他演员——叫管家他们做的。那个白雪是你在房里预先布置好的影像伪装而成。

“从窗户伸进来的手确实是真的手，不过那也可能是叫某人假装从屋里逃走，迅速绕到外面打破窗户，把手伸进来。”

我想起了管家他们害怕的神情。

还有我在门外听见的悄悄话。

——我们一直都好好地遵守“约定”啊！

所谓的约定，应该是指麻贵学姐跟他们立下的契约吧。

他们是否知道自己的亲属在八十年前并非被害者，而是加害者？还是说，他们对此一无所知，只是受到麻贵学姐雇用？看他们那些充满恐惧的怯懦眼神，难道说……不，不管是哪一种，他们都是依照麻贵学姐编写的剧本而行动的演员。

“除了自己之外又出现了其他‘白雪’，纱代一定很困惑又害怕。再这样下去，她就没办法遵守跟祖母的约定了。她被逼到脑海里不断响起祖母教的手球歌，甚至连晚上也睡不着。”

约定……约定……

当时的鱼谷小姐脸色发青地颤抖，一边喃喃自语。她在那时一定感到满心困惑，极度地混乱。

“你接下来的计划，就是伪造留言把心叶叫出去，想让人以为他回去东京了。就连我会去找心叶的事，也都在你的计算之中。”

麻贵学姐露出一丝苦笑。

"樱井流人来访的事就超出我的预料了，所以我才不得不提早实施计划。"

高见泽先生也说过同样的事——"其实我原本应该直接去别墅接你……不过预定稍有变更"，所以原本应该由他扮演从东京来迎接的友人。

远子学姐露出严峻的眼神问道："把男爵毒死的人也是你吧，麻贵？"

麻贵学姐悄然浮现冷笑。

"是啊，它毫不犹豫地吃光饲料了。不管是八十年前的男爵还是现在的男爵，都没资格当看门狗呢。"

怎么这样……那只狗从一开始就是为了杀死而准备的吗？为了让精神被逼得紧绷至极的鱼谷小姐以为"秋良又被毒死了"。只是为了这个理由，就毫不迟疑地杀死他……

"啊……啊啊！"

猎枪从鱼谷小姐手中掉落。她双手捂着嘴，脸孔因恐惧而扭曲，浑身不停颤抖。

她继承了祖母的意志，拼命守护这间屋子，没想到全是出自别人的计谋。

而且她奋战的对象还是比她更加冷酷的"白雪"。

在那无比冷漠——毫不留情的眼神注视之下，鱼谷小姐就连挺身再战的力气都没有了。

我感受到鱼谷小姐的绝望，也不禁背脊发凉。能够不以为意制造出这残酷舞台的麻贵学姐，让人怕得几乎喘不过气。

"表演已经结束了……真是一场闹剧。"

眼中投射冰冷光辉而喃喃自语，不存在人世之物——白雪。

“连这点小事都对付不了……竟然还被什么家系、血统、约定等等没有实体的东西束缚，实在是太愚蠢了……”

她眼中的冰霜、冻结的语调、全身散发出的狂乱怒气，就连站在一旁看着的我们都几乎冻僵，简直就像《夜叉池》里因为白雪的盛怒而迷惘惧怕的鱼族。

——人命与我何干！

——祖先是祖先，父母是父母，那些盟约、誓言只是他们随兴订下。人类过个几年就会忘记这个约定，就算我早点将其打破又有何妨！

“不过，这就是‘姬仓’啊。”

麻贵学姐淡淡说道。

“为了家族的颜面把女儿囚禁在深山里，还杀了她的情人。女儿也为了复仇而杀人……如今这间屋子——这片土地依然被恐惧支配……什么名门嘛，根本就是满手血腥，受到诅咒的一族……”

她的眼睛突然冒出怒火，愤然大叫道：“世界末日干脆快点来吧！把一切都毁灭殆尽最好！”

她受到激情的冲击，哀痛在胸中灼烧。

彻底的厌恶，无尽的焦躁。

只要麻贵学姐还是“姬仓”，就会一直延续下去。

麻贵学姐是失去萤——失去百合的白雪。

失去慰藉的龙神公主发狂兴起洪水，在吞没世界之前绝不罢休。

明月碎裂，鲜花散落。

绝美的幻想一转成为噩梦。

就在一切将被漆黑噩梦吞噬时，有个声音仿佛划破黑暗的光芒。

“不，终幕还没拉下。”

远子学姐凛然的目光看着麻贵学姐。

“文学少女”当着愕然众人的面脱下雨衣，朝龙神公主走去。

在手电筒的光辉之中，水滴闪烁着金光飞散。

面对那样澄澈冷静的表情，鱼谷小姐仿佛惊醒般地瞪大眼睛。

远子学姐穿着白色洋装的身影显得纤细而柔和，如同驱除邪恶的巫女，充满安详清净的气质。

“麻贵，你还没听到另一个故事，由梨和秋良的故事不只是残酷的复仇故事。虽然表面看来如此，我这‘文学少女’却从中‘想象’出另一个故事。”

她以毫不动摇的坚定眼神盯着麻贵学姐，然后露出温暖的笑容，转向鱼谷小姐。

“纱代，我等一下要说的故事，希望你也能听清楚。请别觉得害怕或绝望，好好听到最后吧。”

雨势不知何时已经转小。

文学少女再度望向狂乱的龙神公主，温柔的声音开始说起故事。

“由梨和秋良的故事，是从一本书开始的。

“那是秋良的母亲一字一字细心写下，又以缤纷丝线在封面绣出花朵，在这世上仅有一本的泉镜花《夜叉池》。

“这个故事里有晃和百合这对夫妇，以及名叫白雪的龙神公主。白雪虽然会引发旱灾和水灾，是个冷酷暴躁的妖怪，却也温柔地守护着晃和百合。

“在现实世界里，由梨的身边也有‘白雪’。

“既然由梨害怕白雪的魔性，白雪又为由梨的懦弱而焦躁，为什么她们两人还会凑在一起呢？

“她们是无法分离的——因为，‘白雪就是由梨本身’。

“或许真是如此……的确有些迹象能看出这点。因为白雪出现的地方是夜晚的水面，还有窗边——都是‘能映出由梨容貌’的地方。

“说不定麻贵学姐也是这样相信的，可能连鱼谷小姐都从祖母那里听说过了。

“为何由梨一定要住在深山里的别墅呢——由梨在日记里写下的理由是因为自己身为巫女，而且她也跟父亲约定好了。

“姬仓的家系是从一位巫女开始。

“平安时代出现了继承龙之血统的巫女，靠着驱使闪耀白光的妖怪守护国家。姬仓家因为这个功绩获赐官位，以司水一族的名号经商有成，赚取莫大的财富。是这样没错吧，麻贵？”

麻贵学姐沉默不语，冷眼以对。

远子学姐还是不以为意地继续说：“姬仓家族里不时会有巫女诞生，据说巫女常与妖怪为伴，为一族带来繁荣。但是，以下开始就是我的‘想象’了。

“为何巫女和妖怪只会在同一时期出现？妖怪到底是指什么？

“当明治时代锁国结束，外国人开始能自由进出日本的时候，发色、眼珠颜色、体格都跟日本人不一样的外国人常被视为鬼怪。

也有人说，古老传闻里面的妖怪可能是指从外国来的人。”

远子学姐停顿了一下，她充满知性的乌黑眼睛直直望着麻贵学姐。

“姬仓家的巫女，会不会是天生拥有一头白发的人呢？姬仓家因为从事贸易，有很多机会接触外国人，就算混有外国血统也很合理。说不定继承龙之血统的初代巫女就是外国人，所以姬仓家世世代代都有外貌跟日本人不一样的人。但是这种模样在旁人眼中看起来就像妖怪，所以才编造出巫女封印妖怪的传说吧？

“姬仓由梨或许也跟她的名字一样，生来就有如百合花般闪亮的白发。

“因此，由梨被人说是母亲外遇而生下的孩子。她父亲大概也是因为害怕丑闻，才让由梨住在可以掩人耳目的这栋别墅吧。”

远子学姐说，由梨平时可能是把头发染黑或是戴着黑色假发。

由梨的日记写着，池子在白天看来虽然美丽，但是晚上会出现妖怪所以很可怕，说不定是因为月光会让她的黑发在池中的倒影变成银白色，所以才可怕吧……

“由梨一直被关在屋内禁止外出。她父亲为了让她避开别人的眼光，悄悄地过活，因而从她懂事以来就一直告诉她‘你是姬仓的巫女，所以非得继续封印妖怪不可’。这就是所谓的‘约定’。”

想要回家——由梨这样期望着。

她十分想念住在东京的家人。

但是，她因为深信父亲说的话——因为跟她最敬爱的父亲有过“约定”，所以才努力压抑内心的寂寞……远子学姐垂下眉梢，眼睛湿润地说。

父亲寄来的书。

写在封面内侧“赠予吾女”这句话。

由梨听过传闻说，她是母亲不贞行为所生下的孩子。

她也一直为自己的外表跟所有家人都不像的事而烦恼。

她担心自己是不是真如大家所说，是个罪恶之子？

自己是不是已死的母亲跟怪物生下来的？

她体内的“白雪”是否才是真正的自己？

“由梨在不自由的生活中，每次感到不满、焦虑、憎恨的时候，一定都会意识到自己体内有着妖怪，因此害怕得不得了吧？所以她才在日记里把白雪写得像是自己以外的另一个人。

“想要遵守约定的‘由梨’，还有叫着破坏约定有何不可的‘白雪’——两种都是由梨真正的心情。

“由梨甚至不允许自己怀有忿忿不平或怀疑的心态，就这样拼命紧抓着父亲对她表现出的爱。”

——我不是妖怪，我是父亲大人的女儿，父亲大人总是叫我“吾女”。

这位少女就这样努力说服自己，并借着读书来抑制寂寞，持续遵守约定。

就像为了让《夜叉池》的龙神记得约定，每天都要敲钟三次一样。对由梨来说，父亲写在书中的字就是爱和约定的证明。

——住在东京的父亲大人送我的书已经寄到了。我一翻开封面，就看到父亲大人写的字。父亲大人的字体很漂亮，又有格调，还有着符合身份的劲道。我再三细看，开心和感动之情充斥于心。

——我绝对不会违背约定。

——因为我是祈祷姬仓一族繁荣的巫女，也是父亲大人的女儿。

远子学姐的眼中摇曳着哀伤，正如夜晚漂在水面的虚幻月影。

“但是，由梨的父亲只是寄书过去，却从来不曾去别墅探望过一次。对他来说由梨并非女儿，而是妖怪，是妻子外遇生下的孩子、家族之中不祥的秘密。

“所以为了不让由梨露面，他还雇了人、养了狗，紧密地看守她。别墅的佣人等于是监视由梨的狱卒。”

名为巫女的罪人。

由梨如同是姬仓的囚犯。

“秋良来到别墅，跟由梨坠入情网时，他们也还在持续监视。

“后来秋良为了去德国留学，打算离开别墅。

“由梨当时非常害怕，觉得秋良就要丢下自己离开了。

“由梨因为要遵守约定，所以不能跟着秋良离开。

“而且她自己大概也害怕走到外界吧。

“她在晚上跟秋良去池边的时候见到了白雪，所以吓得心脏差点停止。她虽然觉得幸福却又害怕，还抱着小白哭了。从日记里的这段叙述，也能想象出由梨复杂纠葛的心情。

“如果待在屋内，由梨就是姬仓家的小姐、神圣的巫女，也是伟大父亲的女儿。但她一旦离开屋子，或许会被人冷眼以对，被视为妖怪，受到排挤，到时她若是被秋良舍弃，就连能够保护她、照顾她的人都不在了。”

我的心头难受地揪紧。

这个“约定”束缚着由梨，把她关在牢笼里，同时也保护着她不受外界侵犯。

麻贵学姐或许也在想象，失去这种保护会有多可怕吧？

或许她也感同身受地想象着，即使憎恨姬仓，但若失去了姬仓的力量，自己还有办法活下去吗？

麻贵学姐表情僵硬地咬着嘴唇。

“……”

远子学姐也是愁眉深锁，一脸哀凄。

“就在那段时间，由梨得知一件非常令人难过的事实。她偷看了父亲刚寄到的书，发现封面内侧什么都没写。”

——父亲大人寄给我的书已经收到。现在我能做的也只有这件事。读了父亲大人写的字，心情应该会比较平静吧，我去了管家房间，拆开刚寄到的包裹，翻开书来看。

——但是，我一翻开封面，就明白过去收到的书都不是父亲大人寄给我的。

远子学姐转述由梨的日记内容，然后猜想这本“跟以往不同”的书，可能是没有由梨父亲字迹的全新书本。

——父亲大人的书再也无法安慰我了。“赠予吾女”一语也无法再度回荡在我胸中。我仅剩的只有坠入无边黑暗的绝望。

“但是——由梨后来拿回房里的书还是跟过去一样，有用父亲字迹写下的‘赠予吾女’这句话。由梨的自述是‘我把管家拿来的父亲大人赠书放在桌上，翻开封面，仔细凝视父亲大人的字，看得泪流不止。’”

书上写了原本没有的语句，而且，还是跟过去同样的字迹。

这表示着什么呢……

远子学姐的眉毛垂得更低了。

“写下这些字的人并不是由梨的父亲，而是把书本转交给由梨的管家，说不定根本是出自她父亲的指示……”

——我并非父亲大人之子，而是因亡母不贞行为生下的罪恶之子，旁人的这些话果然是千真万确。幸福已经无处可寻了。如果现在再遇白雪，我一定敌不过诱惑。

情人为了出国留学即将离去。

家人的亲情都是伪造的。

已经没有任何事物可以支撑由梨的心灵了。

以前听远子学姐读日记的时候，我只感觉到沉静的哀伤。

但是，知道写在封面内侧的“赠予吾女”这句话的意义之后，再去想象由梨的心情，就觉得漆黑的沉痛和绝望压在心头，几乎压得我胸膛碎裂。

后来日记里越来越常提到白雪，由梨的精神状况也渐渐恶化。

——求求你不要来，白雪。不，不是的，我还是会遵守约定。

——白雪在窗外招手。不可以去池边。

——用红花装饰吧。白花太丑了我不喜欢。把白花全部、全部捏碎丢掉吧。晚上不可以去池边。因为，月光是白的，因为是白的，白的，因为，因为，是白的，是白的。

——约定……约定……

“可是呢……”

远子学姐的眼神、声音都透出更深沉的悲伤。如此透明的悲伤，让人光看着就呼吸困难，光听着就胸口郁闷。

“在日记的最后，由梨写着‘发生了好开心的事’、‘跟秋良做了重要的约定’，我认为，那一定是秋良跟由梨约定了今后要永远在一起。

“秋良叫由梨跟他一起走，而由梨也闪耀着幸福的光彩点头答应了。”

鱼谷小姐哽咽着声音，以强忍泪水的表情叫道：“啊，秋良先生他……他说要带由梨小姐走吗……他们约定好了要结婚吗？”

秋良并没有舍弃由梨……

两人的心就跟初识之时一样，依然紧紧相系。

我不明白这该算是救赎或是绝望，我只觉得胸口痛得像被利刃贯穿。

麻贵学姐还是执拗地看着半空。

她的神态与其说是怜悯由梨的哀伤和鱼谷小姐的悲叹并且感同身受，可能更像是满怀焦虑和愤恨。

又说不定，她是因为憎恨着拆散这对相爱情侣的姬仓，但是自己也同样拥有姬仓的血统，因而感到焦躁。

远子学姐以忧虑的眼神看着如此神态的麻贵学姐。

“由梨知道秋良被杀死，还被丢进池里之后，就叫着秋良的名字跑到池边。路过的村民看到由梨这个模样，大概误以为她是要投水自杀吧。

“因为池子很深，再加上水草交缠，由梨没办法独力把秋良拉上岸，光是切断他的手就已经费尽全力了。秋良身上流出的血，还把池子染成一片血红。

“在由梨爬出池子时，她的黑发变成了白发。或许是假发脱落，也或许是染剂被洗掉了。村民以为妖怪出现，吓得逃走，白雪的传说就是这样产生的。”

由梨回到别墅之后，就跟寻子一起杀了那些佣人，为秋良报仇。

这时的由梨，已经不是原本的由梨了。

父亲跟她的约定已经发挥不了任何效力，更何况父亲还为了保护家族颜面而杀死秋良。

从池底爬出来时，由梨已经接受白雪存在自己体内的事实，变成了残酷的妖怪。

就像在婚礼夜晚穿着白纱，从水中现身的温蒂娜一样——披着湿淋淋的白发，将冰冷的死亡赐予背叛者。

——这是女性因为失去爱人而堕入修罗道的血腥复仇故事。

但是，“文学少女”不是说过，这只是表面上的故事吗？

她说《水妖》也是被规矩束缚的水妖，甜蜜、感人、柔情、纯粹的爱情故事啊……

“镜花的故事中，经常出现像白雪这样带有魔性的女人。

“在《高野圣僧》中跟僧侣邂逅，能把人类变成动物的美女；还有《天守物语》之中收到新鲜人头这种礼物而开心不已的富姬；还有《草迷宫》里活在异界的菖蒲，全都同样冷血又残酷，可怕得让读者背脊发凉。

"但是在另一方面，她们又会以暖水般的深刻爱情去对待男主角一个人。

"有人认为镜花因为母亲很早过世，所以他一直追寻母亲的影子，为此在作品之中塑造出理想女性的形象。也有人说他有很多作品的场景是在水边，或许是为表现母亲怀胎时腹中羊水的隐喻。

"出生之前，在柔软母体守护的水中浅眠——他所写的总是如此美丽诱人、像梦境一样的故事。

"镜花是有严重洁癖的人，害怕的东西很多。他因为害怕狂犬病所以讨厌狗，也讨厌苍蝇和霉菌，绝对不吃生冷食物，也不喝没有谨慎煮过的酒，外宿吃的食物也要在自己的房间煮，必须用手抓取的食物也会把抓过的部分舍弃不吃，他还很怕'腐'这个字，就连写'豆腐'一词都会改成'豆府'。

"能在这个充满恐惧的世界里保护他的绝对存在——母亲，就是镜花汲汲追求的典型。所以镜花笔下的女主角都像欢欣拥抱新生儿的母亲一样，都会对男主角一见钟情，并且全心全意地保护、抚慰所爱之人。

"水边残酷妖怪的容颜，还有慈祥圣母的容颜——正如水能为人带来惠泽，也能带来灾害一样，镜花的女主角都拥有这种危险的两面性。

"由梨大概也是这样。

"或许她既是可怕的水妖，同时也是全心全意为爱而活的女性吧。"

远子学姐以水一般清澈的眼眸凝视着麻贵学姐。

"由梨杀死佣人的事，不管有什么理由都不能让人认同。由梨和秋良的故事，的确是染满鲜血、受到诅咒，是个冷酷凄惨，任谁也拯救不了的悲伤故事。

“不过，就像镜花那些玄虚诡谲风格倍受瞩目的故事，其实也是男女之间美丽的爱情故事一样，由梨和秋良的故事背后，应该也有另一个深情、喜悦、温柔满溢的故事喔。

“镜花的故事虽然像梦一般，但梦不是只有噩梦，也有美梦和温柔的梦。由梨和秋良的故事一定也是如此。

“就因为是这么一个美丽的故事，才能让纱代的祖母小心翼翼地守护将近八十年吧？而且，连纱代也是……”

远子学姐把温暖的目光投向鱼谷小姐。

麻贵学姐唾弃的故事，却被远子学姐以白皙的手温柔拾起，重新叙述成一个虚幻绝美的故事。

她对鱼谷小姐说，她祖母和她守护的故事绝非无趣，也绝不愚蠢。

那是个温馨而惹人怜爱——像梦一般的故事。

鱼谷小姐的眼中涌出晶莹剔透的泪水。

麻贵学姐愤然叫道：“但是秋良被杀死了，这故事是个悲惨的结局啊！不管你说得再漂亮，这就是现实啊！由梨就像我父亲一样败给姬仓了！”

远子学姐没有退缩。

她只用沉淀着悲伤的宁静眼眸回望麻贵学姐，轻声说道：“是啊……在现实世界里，由梨和秋良并没有缔结良缘。

“在镜花的恋爱故事里，也有很多不能实现的爱情。

“有的是化为妖怪，有的是在黄泉重逢，有的是相约来生再续前缘……《外科室》的高峰也在目送伯爵夫人辞世之后死去。

“就如同他笔名典故的镜花水月——每一段故事都像镜中映

花，水上浮月一样，是美丽却无法触及、如梦一般的虚幻恋情。

“由梨和秋良的故事也是如同梦幻。”

就有如祈祷能够永留花月一般的恋情。

但是，映在镜中的花朵却摸不到，浮在水上的月亮只要伸手一捞就会消失。

“梦一定会清醒。镜花在《夜叉池》里让晃的友人说过，确实会有令人不愿醒来的美梦，但是不管再怎么祈求，梦都是要醒的，没有永远不醒的梦。但是呢……”

远子学姐的声音就像鼓励着孩子的母亲，充满了温暖之情。

“美好的梦境清醒之后，还是会在心中留下故事啊。

“由梨所做的梦，即使在她清醒之后还是一直给予她勇气。所以由梨应该没有追随秋良而去，反而选择连同秋良一起活在现实之中吧？”

远子学姐嘴边浮现笑容。

她露出嬉闹般的可爱眼神望着吃惊的麻贵学姐，问道：“你认为去德国留学的秋良是谁呢？”

麻贵学姐睁大眼睛，我也感到困惑。

“秋良应该早就死了，还被埋在别墅的庭院里，那他去留学的事不是很奇怪吗？但是敷岛秋良这个日本留学生曾经存在的事实，还确切地保存在其他留学生写给家人的信件里。在八十年前的德国，秋良确实是存在过的喔。”

远子学姐以生气蓬勃的宏亮声音对困惑的我们说：“依照我的‘想象’，那人就是由梨！由梨隐瞒性别，冒充秋良的身份，取代他去德国留学了。”

“胡说八道！这种想象也太异想天开了吧！绝对不可能！一

定会立刻被识破的！”

麻贵学姐口气强硬地反驳，我也感到不可置信。

但是，远子学姐仍然露出微笑，就像太阳一样明艳而耀眼。

“不可能吗？不，我相信由梨把不可能扭转为可能了。赐予由梨这份力量的，就是她跟秋良之间如梦一般的故事。”

远子学姐斩钉截铁地朗声说道，然后她开始把流人查到的日本留学生信件内容告诉麻贵学姐。

包括秋良刚去留学时因为身体不适而疗养的事，还有语言不通所以过得很辛苦的事，勤奋学习、从不喝酒、不擅跟人交际的事，以及捏耳垂的习惯、留学期间从未回过日本、后来有段时间行踪不明的事。

“能够朗读歌德原文书给由梨听的秋良，有可能为了语言不通而苦恼至此吗？秋良在留学时之所以不喝酒，而且在日落前一定回住宿处，也可以想成是为了隐瞒性别，所以必须谨慎戒备吧？

“如果她在日本女扮男装，一定会引人注目，不过日本人在当时的外国还很罕见，所以她大概有办法假扮成像少年一般纤瘦、声音尖细的男性吧？

“就是因为这样，她才会‘故意疏远’同样是日本人的留学生。

“那个留学生在信中写着秋良就像月亮，或许那不是因为秋良难以接近的态度，而是因为美丽的容貌呢。

“没错，简直就像女性一样……

“还有捏耳垂的习惯也是，虽说可能是受到情人习惯的影响，但如果想象那就是由梨本人也说得通吧？”

“那她前去欧洲的手续呢？平时的生活费呢？一个涉世未深的千金小姐有办法在外国活下去吗？”

“如果是姬仓家在背地里施力呢？”

麻贵学姐深吸了一口气。

“当时姬仓家连续发生了种种不幸，所以他们应该对由梨的存在感到恐惧吧。很容易就能想象到，姬仓一族基于莫名的恐惧和罪恶感，只好答应由梨的要求。姬仓家拥有多大的力量，麻贵，你应该比我更清楚才是。由梨如果有姬仓家撑腰，我的想象就全都能够实现了。

“由梨没有输给姬仓，她反而以自身的存在震慑姬仓，借此交换条件。

“这就是我这‘文学少女’的想象！”

麻贵学姐哑然失语。

这是当然的，因为这一番揣测实在叫人难以相信。就连我都觉得太荒唐了，由梨怎么可能假扮秋良出国呢?

但是，听着远子学姐铿然有力的声音，看着她生机盎然的眼神，使我不由得相信或许真有这种可能。

故事没有在秋良死去时画下句点。

由梨活了下来，还做了一番骇人听闻的事情。

鱼谷小姐抽抽噎噎地哭了，她的泪水扑簌落下，肩膀颤抖，呜咽着挤出声音。

“我、我奶奶说……由梨小姐变成了故事。

“当我问奶奶由梨小姐怎么了？她后来去了哪里？奶奶总是温柔地笑着说：‘由梨小姐在龙之国度变成了故事。’”

——我就成了故事的一部分。

鱼谷小姐的祖母说了那句话。

一想到那句话中隐藏了何种意味，我的胸口就轰然发热。

麻贵学姐似乎也觉得难以置信，又像是陷入迷惘，表情十分僵硬。

鱼谷小姐用双手遮脸，哽咽着说："由梨小姐……是个像梦一样漂亮……又温柔的人……奶奶总是……总是这么对我说。我最喜欢听奶奶跟我说由梨小姐的故事了……我悄悄来过别墅……也看了好几次由梨小姐的日记……我好想保护由梨小姐的这栋别墅……"

那朵抚子压花，就是鱼谷小姐夹进去的吧？

化身白雪的鱼谷小姐并不是被恐惧或义务所束缚，只要听了鱼谷小姐的自白就能了解。

鱼谷小姐只是想要守护由梨的故事。

在月光洒落的池畔……

在绯红夕阳映照的庭院……

在温暖光线投射的小小房间，围绕在由梨留下的书中……

鱼谷小姐或许见到了如花月般的美梦。

远子学姐屈膝微蹲，轻轻拥抱鱼谷小姐，抚摸她的头发。

"纱代……我在读完一本书以后，也会有一种像是好梦惊醒的悲伤心情。读得越久、越愉快，结束的时候就会越寂寞，好像整个人都被掏空一样。

"但是，梦不会在醒来之后就消失无踪喔，做过梦的记忆还是会留下。

"而那些记忆，依然会温暖自己的心。"

远子学姐继续轻柔地抚摸鱼谷小姐的头发，一边以温柔似水的语调说着。

"映在镜里的花朵、浮在水上的月亮，都是看得见而摸不着，如果想要抓住就会化为虚无。但也正是因此，只要我们不遗忘，就能在心中永远留下那片美景。

“我刚刚也说过喔，就算梦醒了，还是会留下故事。

“书读完之后，留在心中的故事依旧不会消失，还是可以一再把喜欢的场景取回重温。

“像这样鼓励自己，就能继续迈向下一个故事喔。

“由梨一定也是这样在异国努力地过活吧。”

“而且啊……”

远子学姐又露出幸福的微笑。

“由梨还从秋良那里得到很重要的东西。她在国外生下了秋良的孩子喔。”

鱼谷小姐放下遮着脸的双手，猛然抬头看着远子学姐。她那沾满泪水的脸庞浮现出讶异的神色。

麻贵学姐也脸色大变，凝视着远子学姐。

“留学期满以后，秋良有段时间不知去向，但是后来有人说看见秋良牵着小孩的手走在街上，还说那个小孩长得很像秋良喔。我在想，秋良经常呕吐还有去疗养的事，或许就是因为怀孕。会在天黑前急着回家，也是因为有孩子等着吧。而且，鱼谷小姐的祖母传下来的手球歌里也藏有提示喔。”

“……手球歌？”

鱼谷小姐讶异地喃喃说着。

远子学姐点头说“是啊”，接着就吟起歌词。

“对面山谷有蛇竖立，
化为八幡老者之女。
瞧她站得惟妙惟肖，

颈上饰有水滴珠，
脚下踩着黄金鞋，
口中喊着新名姓，
越过荒山和旷野……”

吟毕之后，她又露出笑容。

“这首歌是出自镜花的《草迷宫》，但是有一个地方跟原来不一样。‘颈上饰有水滴珠’这一句，在《草迷宫》里面原本是‘手上拿着双明珠’。纱代的祖母说这首歌是从龙之国度流传下来的吧？”

鱼谷小姐眼中含泪，默默点头。

“还说由梨去了龙之国度？”

她又点点头。

远子学姐开朗地微笑着。

“所谓的龙之国度，就是指德国喔。不，应该说是由梨把它‘误解’成德国了。歌德的诗里面有一篇叫做《迷娘》(Mignon)，这是长篇小说《威廉・迈斯特的学习时代》(Wilhelm Meisters Lehrjahre)里面的一首诗，也是扮男装的少女迷娘对男主角威廉唱的思念南国的歌谣。她可能听过开头是‘你可知那柠檬花开的国度’这首诗吧？里面写着想跟深爱的人一同前往橘子闪耀金光、月桂耸然而立、桃金娘嫣然绽放的国度，而且那个国度还有住在洞穴中的古老龙群……

“这首诗应该是秋良教给由梨的吧？

“所谓的南国其实是指意大利，但是由梨大概误以为是德国了。当秋良向她求婚，说要带她一起去德国的时候，她问能不能种柠檬和桃金娘，还被秋良笑了。

“即使如此，对由梨来说南国依旧是指德国，所以她应该也是这样对闺中密友小白说的——说她去了龙之国度。”

“这件事跟由梨生了孩子的事又有什么关系?”

对于我的疑问,远子学姐还是面带微笑地回答。

“这首歌是龙之国度流传下来的——也就是说,是迁居德国的由梨所传下来的。姬仓家族之中经常出现带有龙鳞状胎记的孩子,我想所谓的水滴珠,或许就是指这个胎记吧。

“也就是说,由梨是要向小白报告,她生了一个喉部有水滴形胎记的孩子。”

我想起了麻贵学姐后颈上的胎记。

浮现在白皙肌肤上的鲜艳鳞形胎记,就像是从天落下的一滴水珠……

远子学姐的眼中闪现光辉。

“你们知道对由梨来说,这件事的意义有多么重大吗?

“由梨的孩子毫无疑问地继承了‘姬仓’的血统,那个胎记就是最好的证据。

“由梨不是母亲外遇而生下的孩子喔。秋良带给由梨的是回忆、新生命,还有由梨确实是姬仓家女儿的证明。”

麻贵学姐突然叫道:“那只是你的想象吧!”

她脸色发青,视线不安地游移,显得十分焦躁而混乱。

“说什么孩子?什么‘喉咙上的胎记’?这种事情……怎么可能……再说,就连由梨假冒秋良去留学的事也都无凭无据……”

就在这时,门口传来一个爽朗的声音。

“那我就再告诉你一件事吧!”

“流人!”

“流人!”

麻贵学姐看到悠然走来的流人,立刻吊起眉梢。

“你、你为什么又回来了!”

“我得到新情报,就过来了。但是你们好像正在忙,所以我不好意思打扰。”

他到底是什么时候来的?

流人走向杏眼圆睁的麻贵学姐,近到伸手可及的距离时,他歪着头,拎起挂在手指上的手机,露出愉悦的笑容。

“我查到在秋良留学时资助他的人叫什么名字了。草壁周一郎——姬仓家族的亲戚,对了,好像也是你祖父的监护人吧?”

“!”

麻贵学姐的脸上出现强烈的震撼。

资助秋良留学的人,竟然是跟姬仓家有关的人!

这等于是为远子学姐的推论提出了极有力的印证,使远子学姐的想象大幅度地逼近现实。

由梨利用姬仓的力量,假冒秋良身份去德国生活的事,看来真是确有其事。而且如果此事属实,那另一个想象——由梨生下秋良的孩子,也不是绝无可能的故事了。倒不如说,这件事的可信度还比留学一事更高。

麻贵学姐突然发笑,让我们吓了一跳。

她一开始低着头,像是忍着笑意低声闷笑,然而声音渐渐高亢宏亮,后来还抬起头,大大咧开嘴角,乐不可支似的发出大笑。

离她最近的流人当然不用说,就连远子学姐、鱼谷小姐和我,都愕然地望着麻贵学姐。

刚才明明还一脸冷漠,好像很不高兴的样子,到底是怎么了?麻贵学姐!

“哈哈哈，是吗？秋良的资助者是草壁啊？由梨还生了孩子？我想那个孩子现在一定变成一位可恨的老爷爷了。就像镜花一样有恋母情结，不断追寻着母亲幻影的老爷爷。”

真不明白，完全搞不懂。

但是，麻贵学姐变得神清气爽，好像有充满生命力的气息从全身散发出来。

“太棒了！这真是个精彩的故事！我今晚一定会作个好梦的。我感觉自己明天醒来以后，一定没有办不到的事。”

“喂喂，你可别企图征服世界喔。”

流人耸肩说着，就往外面走。

麻贵学姐叫住了他。

“要走了吗？你要去哪里？”

“镇上还有漂亮的大姐姐在等我。”

“我想你还是死一死比较好。”

“如果有愿意杀我的女人，我可是求之不得。”

他对板着脸的麻贵学姐笑着说：“对了，有人叫我传话给你：‘对抗无敌舰队的海战已经准备齐全。’”

这究竟是谁的传言呢？虽然流人没有说，但麻贵学姐却好像立刻明白了。

她吃惊地稍微睁大眼睛，然后，很快又露出肉食野兽般的笑容。

“你这个人……果然惹人厌。”

流人又笑了，他轻轻挥手走了出去。

我后来才想到，叫流人帮忙传话的说不定是高见泽先生。

当时去到旅馆的访客，会不会就是流人呢……但是，毫无来由的，这个想法就此被我埋进心底。

终章

我一定会展露笑容

到了早上，有人用力摇我的身体，硬是把我叫醒。

“心叶——起床啊——快起来啦——”

头上传来惨痛的呼喊。我睁开惺忪的眼睛，看见穿着扣错纽扣的洋装、头发睡得乱七八糟的远子学姐哭丧着脸。

“起床，起床，快起床——”

我就像汪洋中的一条破船被她摇得晃来晃去，想装睡也没办法，只好问道：“一大清早的有什么事啊？幽灵又出现了吗？”

远子学姐泪眼朦胧地哭诉：“我……我忘记一件很重要的事了！怎么办啦，心叶！”

三十分钟后，我在远子学姐的房里写着数学题。

“下周就是新学期了，你竟然到现在还‘完全没摸过’暑假作业。难道你是小学生吗？”

“呜呜呜呜……因为、因为我本来打算慢慢解决，结果被带来这里后，忙得一塌糊涂，根本没时间写嘛！”

远子学姐愁眉苦脸地哭诉，一边埋首于世界史作业。

“什么嘛，别说是一页了，根本连一题都看不到写过的痕迹啊！”

“我对数学很不拿手嘛。”

“就是因为不拿手才更应该自己写吧？有些题目二年级还没学过，所以我只写得出一半左右喔。”

“不要紧，我大概只能写出一半的一半的一半的一半吧。”

“都沦落到叫学弟帮忙写作业的地步了，还说什么不要紧。远子学姐，你是考生吧？”

反正她的目标八成是私立大学的文学系，所以我是可以理解她不想再为数理耗费精力的心情啦。

“呜呜，现在哪管得着考试，眼前的作业比较重要啦！叫我一个人在这周以内全部做完是绝对不可能的！求求你，心叶，英文作业也帮我写啦！只要翻译一篇文章就好了。”

“不要。如果我翻译了，一定会像布雷德伯里《雾号》那次一样被你偷吃。”

“怎、怎么会嘛！好啦，那我来帮心叶写暑假作业的读书感想吧。”

“不用劳驾了，我的作业在七月中就全都写完了。读书感想写的是《厄舍古屋的倒塌》。”

“咦咦咦！心叶，你太异常了！一点都不像宽松世代①的高中生嘛！”

“远子学姐才是‘宽松’过了头吧！”

---

① 宽松世代，接受宽松教育（ゆとり教育）的世代。宽松教育，为避免填鸭式教学让学生造成压力所以减少上课时数和内容的政策，在 2002 年开始全面实施。

我对鼓着脸颊不停叫“好过分”的远子学姐说“看来我还是别帮你做功课比较好”，她就立刻安静下来，乖乖地继续写作业。

但是才一转眼的时间，她又眼眶含泪，语调哀凄地说：“心叶……我肚子饿了……”

“对耶。”

我站了起来。

“心叶要写给我吗？”

“我要去吃早餐了，所以请你自己继续写作业吧。”

“怎么这样啦——等一下！只要写半张稿纸就好了，帮我写些什么嘛！《托尼奥·克勒格尔》和《水妖》都已经吃光了啦！”

“那《阿尔特海德堡》应该还有剩吧？”

我没好气地说完就走出房间。

若是太纵容远子学姐，她就会得寸进尺，要求越来越多。

厨房空荡荡的。麻贵学姐雇来的佣人都离开了，所以没办法，我只好自己找找看有没有能吃的东西。

“呃……早、早安。”

听到这句畏畏缩缩的问候，我转过头去，看见穿着T恤和迷你裙的鱼谷小姐一脸羞涩地站在那边。

“早安，你今天穿便服啊？”

鱼谷小姐很不好意思。

“我有点渴，所以来厨房找水喝，没想到井上先生也在这里。那个……我来准备早餐吧。”

“别麻烦了，你也累了吧。”

“不会，我已经睡饱了。我以前刚起床时都会头痛、肚子痛，但是今天却觉得很有精神，也没再梦见手球歌了……”

“是吗？”

我的嘴角自然地露出微笑。

鱼谷小姐拿出鸡蛋、莴苣和小黄瓜，摆在料理台上。

“沙拉让我来弄吧。”

我站在她身边，拿起了莴苣。

“谢谢你，唔……我做法国吐司和蛋包好吗？”

“好啊，我很喜欢法国吐司。”

鱼谷小姐很熟练地打蛋和切吐司，我则是在一旁切起莴苣。

“我……一直没有上学。自从奶奶过世，我开始假扮白雪之后，我就觉得自己跟其他孩子不一样。因为我有了很重要的任务……是我自己……逃进梦的世界里……”

她把鸡蛋、牛奶和砂糖仔细拌匀，再将吐司浸入其中。吐司一放进盛着融化奶油的煎锅就“滋滋”响起，冒出香甜的气味。

“但是，从今以后……”

鱼谷小姐把煎到微焦的吐司翻面，露出微笑。

“我已经有了从梦中获得的勇气……所以我也要好好地活在现实里。”

远子学姐所叙述、由梨与秋良的故事，为鱼谷小姐带来了迈向未来的力量。

“那真是一件好事。”

我怀着和风般的舒爽心情这么一说，鱼谷小姐又害羞起来，嗫嚅说出“谢谢”。

鱼谷小姐做过的美梦，一定在她心中留下了珍贵的宝物吧。

法国吐司和蛋包都煎好了，呈现出漂亮的金黄色，我的沙拉也做好了。

我们就在厨房里吃早餐。

鱼谷小姐问起东京的事情,我也如实地告诉她。

“好棒喔,哪天我也想去看一看。”

她流露憧憬眼神感叹的模样,看起来就像个普通的初一女生。

“由梨都能去德国了,所以鱼谷小姐将来也能去任何地方吧。”

“嗯,是啊。”

鱼谷小姐开心地点头。

然后她突然羞红了脸颊,扭扭捏捏地抬头看我。

“那个……我可不可以……写信给井上先生呢?”

奇怪?气氛怎么突然变得……

就在这个时候,后方弥漫着浊重的空气,还传来一个幽怨的声音。

“好过分……好过分啊……”

“哇!”

远子学姐攀着门扉露出半张脸,表情看来好像快哭了。

鱼谷小姐也被吓得“呀”地小小惊呼一声。

“太过分了!心叶!我抱着空瘪瘪的肚子等你,你竟然自己躲在这里愉快地用餐!”

我安抚着不断抱怨“我恨你”“我要诅咒你”的远子学姐回到房间,翻开五十页稿纸的封面。

“真是的,请不要做出那么丢脸的举动好吗?鱼谷小姐都被你吓到了啦。”

“可是、可是我真的好饿,快要饿死啦!”

“是是是,我现在就写,所以请你继续写作业吧。”

“快点……快点喔……”

握着自动铅笔的远子学姐坐在桌子对面，以湿润的眼睛和濒死的表情哀求着。

真是拿她没办法。

但是，比起那种无精打采的寂寞表情，这样已经很好了。

突然间，我想起了流人教我的那几个词汇。

能让远子学姐振作精神的词汇……

——再来就得看大厨的手艺了。放心啦，因为心叶学长是远子姐的作家嘛。

我才不是远子学姐的作家。但我还是把从流人那里听来，如同咒语般的三个词汇交织成篇，写了三张稿纸的简短故事。

“写好了，请用吧。”

我比平时还紧张地递出稿纸。

“谢谢！”

远子学姐用双手接下，迫不及待地从边缘撕碎开始吃。

“好甜喔！”

远子学姐立刻露出笑容。

“好像在吃金汤匙舀起的蜂蜜喔！阳光般的浓纯蜂蜜缓缓流入喉咙了！在大正时代里，相爱的两人都想要向对方倾诉感情，但因为是身份悬殊的书生与千金小姐之恋，所以两人都不敢开口。不过，他们只要在夏天的草原上一起走着，就觉得很幸福了……只要能听见对方的声音就很幸福了……只要能待在那笑容旁边，就很幸福了……”

看她啪搭啪搭吃着稿纸的陶醉表情，好像很喜欢的样子，我既觉得松口气，又担心是不是写得太甜了，害羞得胸口都痒了起来。

我注意到远子学姐的表情变得不太寻常。

她满脸通红、目光迷濛，微张的嘴唇吐出感伤的叹息。

“心叶……这里面……是不是……加了一些酒啊？”

稿纸已经被她吃了大半，正好到达最高潮的部分。本来失之交臂的两人终于跨越了身份的隔阂，心与心紧紧相连。

——“告白”“接吻”“拥抱”。

——还有“告白”“告白”“接吻”“告白”“接吻”“接吻”“接吻”“拥抱”。

她每吃一口，脸颊就变得更红，眉头皱起，唇中逸出叹息。

远子学姐这副模样令我看得目瞪口呆。

难道她真的醉了？

远子学姐从耳朵到脖子都变得红彤彤，她颤抖着指尖，把最后一片吞下之后，身体突然往旁一歪。

“远子学姐！”

看到她跪坐在地上，我连忙冲了过去。

“你没事吧？”

“……没事……”

她好像全身虚脱似的瘫在地上，接着抬起脸来，露出快哭的眼神。

“我好得很……我要唱歌。”

“啊？”

远子学姐猛然站起，开始唱“赠层寺滋狸”①，双手还“砰砰”地拍着肚子。

她抓住发呆的我，叫着“来呀，心叶也一起唱”，朝气十足地含糊唱起“砰砰叩砰”，一边还嘿嘿笑着。

真的醉了，根本是烂醉如泥。哇，该怎么办啊！

脚步踉跄的远子学姐揪住我的衣领，缠着我说“你怎么不跳嘛”。

正当我还在错愕时，她又垂下眉梢，眼中含泪。

“呜……心叶老是这样，真过分……”

“我哪里过分了？”

“这个……我不能说。”

我遽然一惊。

远子学姐悲伤地皱着脸，突然放开我，转过身去。

“不行……绝对不行……我不能说……不可以说。”

她的脸庞低俯，用力摇头。

“请告诉我吧。”

“不要……”

“为什么？”

“因为……因为是心叶……因为是心叶……所以不能说。”

她固执摇头的模样，简直就像《外科室》里拒绝接受麻醉的伯爵夫人。

美丽的伯爵夫人怀有秘密，而且是那样地朝思暮想，所以对医生说如果自己打了麻醉药一定会说漏嘴。

远子学姐有什么不能对我说的事吗？还是她醉得太厉害，只

---

① 此为日本民谣“证城寺之狸（證城寺の狸囃子）”（即是中文儿歌“小白兔爱跳舞”原曲）的歌词，但是唱得口齿不清。

是随口说说罢了？一定是这样，应该没有什么深刻的含义。

啊啊，可是……很久以前好像也发生过类似的事。在我还是高一生的时候，远子学姐有段时间突然跟我保持距离，还叫我别接近她，后来又因为感冒而请假了一阵子……不过等她复原之后回到学校，还是若无其事地笑着就是了。

我的胸口不安地悸动，总觉得无法放着不管。我站在远子学姐背后，耐着性子问她："为什么不能告诉我？我做了什么吗？如果你不把理由告诉我，我就没办法道歉了啊。"

远子学姐好像下定决心绝不泄漏，双手捂住嘴巴，眼睛也紧紧闭上。

我从后面把她的手拉开。

"远子学姐？"

突然间，远子学姐转过来面对我，然后扑在我胸前。

她火烫的脸颊猛撞在我的心口。

"心叶大笨蛋，笨蛋笨蛋笨蛋，真的很过分……"

她紧抓着我的手，像孩子一样不停口地骂着。

"学弟不听学姐的话怎么行呢！"

"我有听啊，不，应该说是被迫听从吧。"

"骗人，心叶就只会欺负我。"

抓在我手臂上的指头握得更用力了。

她的喉咙发出呜咽声，大概是在强忍即将涌出的泪水吧。她的眼睛依然悲伤地紧闭，好像在忍耐什么一样轻微地颤抖。

她以细微的声音说了些什么，但是小声到让我听不清楚。

"嗯？什么？"

"……"

"请再说一次好吗?"

我以仔细倾听的表情靠过去之时,右手手背顿时传来剧痛。

远子学姐咬了我的手。

仿佛为了不让保密的事从唇中逸出,紧紧地咬住。

她用尽全力,紧皱眉头,紧闭双眼。

我的脑袋也像酒醉般发烫,眼前昏花。

远子学姐还是连动也不动,死咬着我的手,那纤细手指把我的手臂抓得有点痛了。

我的头中越来越热,耳朵也开始发烫,心脏的鼓动渐渐变强,几乎要跳出体外。这时,远子学姐的身体往旁倒下。

"哇!"

我差点也一起跌倒,赶紧扶住她。

远子学姐咬着我的手睡着了。

紧张感顿时解除,我忍不住大叫:"结果竟然睡着了!到底在搞什么鬼啊!"

后来,我把远子学姐拖到床上让她躺好,又继续写起数学题。

我不时转头看咬着毛巾的远子学姐而叹气。

过了中午,麻贵学姐来到房间时,远子学姐还在呼呼大睡。

"这真是天赐的良机啊。"

她欢天喜地说着,然后从花瓶抽出百合花,插在远子学姐发上,然后摊开素描本开始画图。

"能充分欣赏远子可爱的脸庞,又有故事带回去给祖父当礼物，这真是个美好的暑假。”

“我却还是被学姐整得晕头转向啊。”

麻贵学姐扑哧一笑。

“心叶也留下了美好回忆不是吗？像是跟远子同床共枕之类的。”

“请不要说那种惹人误会的话！”

麻贵学姐又笑了。

我心有不甘地说：“麻贵学姐这次会把远子学姐扯进来，是因为远子学姐跟由梨很像吗？”

“是啊。如果我自己上场，由梨在日记里的形象就会毁于一旦了。远子以为自己扮演的是妖怪角色，还气得半死，但是扮演妖怪的其实是我啦。”

鱼谷小姐也把远子学姐和由梨的形象重叠了，所以看到浑身湿透的远子学姐出现就叫她“由梨小姐”。

“但是……不是只有这个理由，或许也因为我有些不安，所以才希望远子来陪我吧。”

太惊人了！那么好强的麻贵学姐竟然会如此坦率地说出真心话？

奇怪？我此时才发现，她的服装也跟平时不太一样……她穿的是蓝色洋装，看起来很有女人味，我好像还是第一次看见她穿长裤以外的便服吧？

麻贵学姐合起素描本，站了起来。

“好了，差不多要出门了。”

“要去哪里？”

“欠了别人总觉得很不舒坦，所以我要去还债了。”

“嗯?”

麻贵学姐没有多做解释,只是开怀地朝我眨眼。

“我会晚点回来,所以你要把握机会喔,心叶。”

“是要把握什么的机会啊!”

麻贵学姐嘲弄般地笑了笑,就离开房间。

我疲累地垮下肩膀。

没过多久,远子学姐就醒了,但她一开口就是:“好难过……头也痛起来了……心叶,帮我写个酸梅口味的故事……”就这样瘫在床上央求着我。

她完全不记得咬过我的事了。

“你知道这是什么吗?”

我让她看看我手背上的齿痕。她皱着眉头盯了一会儿,就一边沉吟一边说出风马牛不相及的回答:“唔……唔……你被锹形虫夹到了吗?”

窗外天色转暗时,远子学姐终于爬得起来了,她很不好意思地红着脸对我道歉。

“对不起,心叶。因为事出突然……我好像醉得很严重……还有……那个……”

她很担忧地窥视着我。

“我……有没有跟你说些什么奇怪的话?”

“譬如呢?”

我若无其事地套她的话。

“像是我不只从心叶的英文笔记里吃了布雷德伯里小说的译文,还偷偷把冯内古特文章的翻译撕碎吃掉,也把汉文笔记里李白的诗拿来尝了一点味道，而且我还把心叶的身高、体重、生日、血型告诉小七濑了。”

我听了不禁叫道：“什么！冯内古特和李白是怎么回事！而且你干吗跟琴吹同学说那些事啊！”

“对不起啦——我有帮你把身高多加一公分，所以请原谅我吧！”

看她之前说着“不行不行”还拼命抵抗，结果不能告诉我的秘密竟然是这种事？

我真是败了，彻底被她打败。

“心叶，别生气了啦。”

晚餐过后，我们在洒落月光的森林小径上漫步。

因为我真的火大了，说着：“我不帮忙写作业了，我要出去散步。”就拿着手电筒出门，远子学姐也畏畏缩缩地跟过来。

“心叶……心叶呀……”

后面传来可怜兮兮的呼唤。

“等一下啦，心叶。”

她拉住我的衣角。

“我是真的很担心。”

“嗯？”

“来到这里以后，远子学姐有时会很没精神地露出寂寞的表情，又会突然说些笨蛋啊不行啊什么的。”

我的背后和脸上都热了起来，羞耻得不得了。我绝对、绝对不能回头。

“……”

远子学姐不说话了，这次大概换她呆住了吧。

“算了，不提了。”

我正要加快脚步，远子学姐却突然从我一旁探出头来，仰望着我。

“！”

她对着差点没被吓死的我露出开心的笑容。

“谢谢你，心叶。”

“没、没什么啦。”

虽然想要转开视线，但是她真的笑得好幸福，让我不禁看呆了。

“让你担心真是对不起。心叶说得没错，我的情绪是有点不稳定，大概是因为看了由梨的日记吧。”

“日记？可是秋良又没有抛下由梨啊。他向由梨求婚，还邀她一起去德国，而且由梨也答应了，两人约定好要结婚不是吗？”

远子学姐平静的脸上隐约带有一丝悲伤，慢慢地走着。我也跟在她身边。

“是啊，由梨的确也答应了，她还在日记里写下自己是全世界最幸福的人。但是我觉得由梨并不是真的打算跟秋良一起走，而是决意独自留在别墅里。”

我吃惊地问道：“为什么？”

远子学姐以柔和的目光仰望月亮。

“或许是因为由梨画了在书本环绕的房间里微笑的自己吧。”

“我不太懂，为什么画画就代表要留下？”

“不只是画画，而是画出自己在书本之中微笑的图画……

我觉得，这就表示由梨会默默目送他离开，自己则带着微笑继续在这屋内过活的心情。

由梨对自己立下的'约定',大概就是这样吧……"

宁静的夜里,温暖柔和的声音轻轻流过。

那乌黑的眼睛凝望着远方的月亮。

"由梨若是离开别墅,姬仓家绝对不会坐视不管,也会给秋良带来麻烦,她非常清楚这一点。

"要跟秋良分离,对由梨来说必定是伤心得难以承受。

"但是,因为由梨想要守护秋良,也因为秋良向她求婚真的让她很高兴,让她获得的幸福已经多到不虚此生了。

"所以,她决定目送秋良踏上遥远的旅途。

"从此以后,她也会永远思念着秋良而笑……她应该是这样想的吧……"

远子学姐喃喃细语的嘴唇浮现轻柔的微笑。

——发生了好开心的事。我再也不会叹气了,我是全世界最幸福的人。

——我跟秋良约好了。

重要的约定,我点头答应了。

——我问秋良种柠檬和桃金娘好吗?他就笑了。秋良的笑容珍贵得令我永生难忘。

——之后我关在房中,以蓝色的画笔画图。

画下在四壁书柜的围绕之中,笑得比谁都满足、灿烂,笑得比谁都幸福的我。

——我也对自己立下约定。

这个约定和其他的不同，是绝对不会被打破的约定。

因为遇见了秋良，我今后一定能永远展露笑容。

由梨的话语藉由远子学姐的声音重现于我的脑海。

我想起黎明时低头看着日记、目露哀伤的远子学姐，胸口又郁闷了起来。

如今仰望着天上明月，露出清纯微笑的远子学姐，仿佛和书房里微笑的由梨重叠在一起。

为了秋良选择独自生活的由梨，和远子学姐重叠了。

由梨微笑着。

远子学姐微笑着。

我不了解远子学姐是对由梨的什么想法感同身受，才会露出那样孤寂的表情。我只觉得，沐浴在银白月光下的远子学姐显得异常地美丽……

浮在她白皙脸上的笑容温柔得令人心神荡漾，完全就像幻想世界的人物。

如果我伸手去摸，说不定会从那纤细的身体里穿透过去。

震撼心胸的不安沛然涌出，令我僵在原地。

此时远子学姐突然转头看我，可爱地眨着眼、伸出手，就像牵着小小孩童的母亲。

我也很自然地握住她的手。

她仿佛在传达："你看，我就在这里呀。没事的，我会一直在你身边。”

手心感到的湿润暖意，让弥漫在我心中的黑暗迷雾慢慢散去，安心感逐渐满盈。

远子学姐牵着我的手向前走。

我在月夜里的小径，慢慢地、缓缓地，跟绑辫子的文学少女并肩走着。

“由梨一定觉得，能相识真是太好了。虽然有很多痛苦和伤心的事，但她一定是这样想的。”

——能相识真是太好了。

能跟你做着同样的梦，真是太好了。

即使是像镜中花、水中月一样虚幻的梦。

即使明知总有一天要醒。

真的太好了。

能相识真是太好了。

真是令人高兴。

由梨的心情透过远子学姐之语流进我的心扉。

失去秋良以后，由梨所到的“南国”绝对不是幸福的梦幻国度。战争开始后，想必还会碰到很多辛苦、难过的事。

即使如此，只要想起那个美好的日子，就能展现笑容。

或许也会有这样的邂逅吧？虽然我现在还不太能理解。

即使离别，即使无法再见，一切仍会变成温柔的故事。

无论是花是月，都一定能永留心中。

“虽然碰到了恐怖的事，不过还真是个美好的暑假。”

“麻贵学姐也说了同样的话耶，你们真是心有灵犀。”

“咦咦！才没有这种事！我要收回刚才那句话！”

远子学姐很不高兴地鼓着脸颊。

但愤然抱怨之后，她又露出温柔的眼神。

“可是……我不会忘记的。”

她微笑着说。

“因为是跟心叶在一起啊。”

这句话、这个眼神，把我的心头紧紧揪起。

“我也忘不了。像是被远子学姐用电报叫过来，还有我的头被踹了好多下，还有被逼着提早半年送出生日礼物，还有借钱让远子学姐去买土产。”

“我一定会还钱啦！”

远子学姐又拗起性子了。

我们继续向池边走去。

昨天我遇难时这里还是一片乌漆抹黑，但是今夜的树林却有月光投射，酝酿出梦幻的气氛。

“说不定会见到由梨和秋良的幽灵喔。”

“讨厌啦，心叶，你想要吓唬我吧？我才不会让你得逞。”

远子学姐嗤嗤笑道。

“啊，不过在这么美丽的月夜里，说不定由梨和秋良的魂魄真的会想降临地面来约会喔。”

她轻轻摇着和我相牵的手，雀跃地说。

树林的前方出现了池子。

水面反映着月光，闪耀出银色光辉，看起来就像地上的月亮。

远子学姐一定感动得说不出话了，她在我身边吃惊得嘴唇微张。

就在此时——

啪嗤！

水声传入我耳里。

这鱼还真大……当我正这么想时，池面掀起波纹，溅出银色水花。

在光芒闪耀的水珠前方，出现了一对相拥的身影。

一头长发被水浸湿的女人，双手围绕在男人的颈上，男人也搂住女人的身体，正在炽烈地交缠热吻。

两人都是一丝不挂！

我们看见这惊人景象只是短短一瞬间的事。

月亮被云层遮蔽，那两人的身影被夜晚面纱掩蔽的瞬间，远子学姐放声大叫“呀啊啊啊啊！出现啦”，然后她放开我的手，当场拔腿就逃。

“幽灵！是幽灵啊！我看见秋良和由梨的幽灵了！呀啊啊啊啊！要找替身的话别找我，去找心叶吧……”

丢下我独自逃跑的远子学姐一回到屋里就把毛毯盖在头上，发抖了一整晚。

“怎么办？我看到幽灵了……讨厌讨厌讨厌！如果他们来找我该怎么办啊！”

好不容易到了天空开始发白的时候……

“起床,起床啦！心叶!”

她又像前一天那样拼命摇我。

“快点收拾行李,我不想继续留在这种地方了,我们回去吧。”

“咦！现在？而且你那打扮是怎么回事?”

远子学姐穿的是学校制服。

“我被带来这里的时候就是这身打扮啊。快点啦,心叶,说不定幽灵会找上门啦——”

就在我被她哭丧着脸催促收拾行李时,麻贵学姐走进房里。

她像是刚洗过晨浴,头上包着毛巾、身上穿着浴袍。不知道她是不是被虫咬了,锁骨和胸脯旁边有着显眼的红肿,我一时之间不知视线该往哪看。

“怎么了？干吗吵吵闹闹的?”

“我现在就要走了,再见。”

麻贵学姐听了就笑着说:“哎呀,怎么怕成这样,难道你‘遇见幽灵了吗’?”

远子学姐惊吓地一震。

“才、才才才才才没有这种事,世上哪有幽灵啊！我只是突然想起今天跟文艺社的毕业校友有约啦。你收拾完了吗？心叶。好,我们走吧!”

“要搭电车回去吗？我叫车送你们吧。”

“不用了。”

“你有钱吗?”

“流人帮我送来了。”

“是吗？那就新学期见啦。”

麻贵学姐环抱着双臂,以不怀好意的笑容目送我们。

“远子学姐，如果有钱的话，请先把我在土产店帮你垫的钱还来吧。”

“等我们回到安全的地方再说啦。”

我被远子学姐催着，正要走出玄关，后面突然有个声音叫道：“啊，远子姐、心叶学长，你们要走啦？咦？远子姐怎么穿着制服？”

穿着牛仔裤和皱巴巴无袖上衣的流人，顶着湿淋淋的头发出现了。

“流人，你昨晚住在这里吗？你不是说要去镇上？”

“这个嘛，有很多原因啦。”

流人露出暧昧的笑容。

“我要先一步回家了，你也别只顾着放荡地跟女孩子玩乐，在第二学期开始以前要回来喔。”

“把我叫出来的人是远子姐吧？”

我很能理解他面露苦笑的心情。

“流人，你早就知道用那些词汇写作会让远子学姐有什么反应吧？”

流人听到我悄声抱怨，眼中就露出愉快的光彩。

“喔，你试过了啊？那真是不枉费我告诉你的苦心了。远子姐从以前就对那种老式情话很没抵抗力，她吃了森茉莉《枯叶的卧床》之类的作品后，就会一边唱‘证城寺之狸’一边兴高采烈地跳舞。所以我可没骗你喔！”

她是唱歌跳舞了没错……

“流人！你在跟心叶说什么啊！”

远子学姐可能察觉我们的低语准没好事因而大吼。

流人像恶作剧的孩子一样露出戏谑表情，耸着肩膀。

“那就拜啦，心叶学长，远子姐就麻烦你啰。”

说完之后，他把我推向远子学姐，然后挥着手目送我们。

唉，我才希望跟远子学姐住在一起的流人带她回去咧。

这时我注意到，笑嘻嘻的流人脖子上好像有跟麻贵学姐一样的虫咬痕迹。

“心叶，快一点！电车要走了啦！”

远子学姐一叫，我赶紧追上去。

“好好，我走了啦。”

在清爽的晨光中，“文学少女”鼓着脸颊，双手叉腰等着我。

暑假即将结束，我们也要返回那悠闲安稳、让人心旷神怡的日常生活了。

◇ ◇ ◇

后来麻贵学姐生了孩子，也结了婚。

对象不是她祖父选的未婚夫，而是我们认识的人，而且还是让人听了会大吃一惊的人物。

不过，麻贵学姐是基于自己的自由意志而选择他当伴侣的。

我放下工作，回首那个夏季。

在拂面的凉风中、在耀眼的阳光下、在月光映照的小径上，总是有着她的足迹。

那披垂的乌黑长发，裹在白色洋装里的纤细身躯，还有开朗的

笑容。

还有怀抱着不能对我明言的秘密，因而哀伤垂下眼帘的白皙侧脸……

只要一开始想象在那夏季里摇撼她内心的层层纠葛和忧愁，我的胸口就会炽热而悲切地揪起。

即将毕业的她跟我立下的最后约定，还有她留给我的些许怨怼和痛楚，都甜蜜地苏醒过来。

变化早在那个夏天就已经开始了。

像花一般、像月一般、像梦一般——那个夏天真的很特别。

我看看时钟，已经到了下午三点。

厨房里应该正在准备泡茶吧，偶尔可以听见走来走去的脚步声，还有柜子打开关上的声音。

今天要烤柠檬派，酸酸甜甜很好吃喔！活力十足的声音这样说着。

因为我给了备用钥匙，所以她每天都跑来这栋被我当作工作室和住宅的公寓，照顾我的起居。

真麻烦，干脆搬家好了，之前她也撒娇似的这样说过。朋友还经常嘲弄我，说我们差不多可以结婚了。

她应该就快开门来叫我了。

我把写到一半的原稿存了档，关上文书处理软件，站了起来。

——你不知道我的事。

《外科室》的一段剧情，随着悲切情怀从她口中吐露的那个夏季已经远去。

但是她咬住我手背时的惊讶和疼痛,我至今仍铭记在心。

连她带给我的那些故事也是。

所以,我在心中默默说着。

带着满怀的感激和爱情,对我亲爱的“文学少女”诉说。

——我忘不了……

原日文版后记

大家好，我是野村美月。“文学少女”系列的第六集是首次的番外篇喔！

本集的时间顺序是在第二集之后，不过就内容而言也兼具了第七集的预告，所以希望大家还是可以按照集数的顺序来看。

除了描述心叶与远子的夏天回忆，还加上麻贵篇的本集，主题书目是泉镜花的《夜叉池》，此外也引用了《草迷宫》和《外科室》。镜花的文字和故事架构都拥有强烈的美感。虽然文体独特，不太容易阅读，可是飞入脑海的文字和场景已经美得让人眼花缭乱了。像是故事大纲和人物设定之类的优点也非——常——多，所以如果看不懂时，或许只要略知故事情节，纯粹地去品味文章就好了喔。

这次在彩页里又引用了艾米丽·勃朗特的诗。因为我自己很喜欢，跟麻贵的形象也很契合，所以我真的好希望第二集和这集都能写进去啊！当我心痛地放弃时，没想到编辑主动提议说“写在彩页里吧”，我就恳求地说“一定喔”。连续剧“秃鹰”的主题曲也用了这首诗呢，我从以前就是那位剧作家的书迷，所以每次看到主题曲出现的镜头都会非常感动。

这次后记的篇幅也只有一点点。插画家竹冈老师，第五集后记那张远子的“咖喱”真是太可爱了！那个发型也太赞了！这次远子终于可以穿便服登场，会有怎样的插画呢？真是令人期待啊！

然后要跟各位读者报告，今年在宝岛社的“这本轻小说真厉害”的票选之中，《文学少女》拿到小说项目第三名喔！在女性角色项目之中远子获得第二名，琴吹同学获得第八名，心叶获得男性角色项目第七名，而竹冈老师也获得了插画项目第二名呢！

惠赐选票的各位，真的非常感谢你们！接下来的毕业篇我也会继续努力，所以希望大家可以看到最后喔。有不少人在关切的短篇集，也希望哪天能够出版。如果大家想看怎样的故事，我也随时等着听候指教喔。那就再会了！

二〇〇七年　十一月二十七日　野村美月

本书引用、参考了以下著作：

《夜叉池·天守物语》（泉镜花著，岩波书店出版，一九八四年四月十六日首刷发行。）

《草迷宫》（泉镜花著，岩波书店出版，一九八五年八月十六日首刷发行。）

《外科室　高野圣僧》（泉镜花著，角川书店出版，一九七一年四月二十日改订初版发行。）

《新潮日本文学　泉镜花》（新潮社出版，一九八五年十月二十五日发行。）

《世界之诗 9》（弥生书房出版，一九六四年一月二十日初版发行。）

《艾米丽·勃朗特——她的灵魂在荒野起舞》（艾米丽·勃朗特著，植松みどり译，河出书房新社，一九九二年发行。）

中文简体版特别收录
小小番外

麻贵：喔，这次是我咯。这一页是为了中文版而特别写的后记哦！

心叶：麻贵前辈，请好好自我介绍一下吧。

麻贵：我是远子的爱人兼资助人的姬仓麻贵。

心叶：那个，远子前辈会生气地把辫子都甩过来的，请不要这样子（被吓到一般深深地垂下肩膀）。

麻贵：呼呼，你还是一如既往的不容易呢！

心叶：……呃，在特别篇里也那么辛苦。突然之间被叫到深山里，被卷入诅咒和灾祸，还在夜路上出事故。

麻贵：不是也有好事的嘛。比如说和远子一晚上都在一个床上共度之类的。

心叶：呃……为……为什么你会知道！那，那个是因为远子前辈害怕幽灵，硬要那样做的！

麻贵：因为第二天早上，远子和心叶君都是眼睛红红的嘛……

心叶君的下巴还有乌青，玩法很激烈哦……嘿嘿。

心叶：远子前辈的睡相太差了，我是被踢成这样的！

麻贵：真的只有这样吗？在远子睡着的时候难道没有亲吻之类的？

心叶：没有！（鼻音哑哑的）

麻贵：我不会告诉远子的，悄悄地告诉我吧！

心叶：没有做过一件对不起人的事情！（……虽然摸了摸脸颊）

麻贵：是哦？是我的话，就会亲一下啊，碰一下胸部啊，××一下，××××一下，把××怎么××××，然后××××的呢。

心叶：唔啊啊啊啊啊！请停止这种不能写出来的不健全的发言吧！这些都只是犯罪罢了！

麻贵：一点点的爱的经营嘛！

心叶：哪里有爱啊！远子前辈的话肯定会鸡皮疙瘩地说出来吧！（无奈地用手摸额头叹气）

（哇咔咔，麻贵学姐对于远子前辈爱的小神经果然是异常地发达呀！可怜的心叶即使在后记中也是不得安宁呐……）

（好了，继续等待下一回的番外吧，据说更加萌系呐！）

后记

竹岡美穗

因为是『特别篇』，所以绘图也用了跟以往不同的形式。大正时代真棒。

编辑和美编，这次也有劳你们关照，每次拖得这么晚真对不起……